KB112235

만져진다는 것은
정말 감사한 일입니다

와락

만지고 싶은 기분

만지고 싶은 기분

요조 산문

마음산책

만지고 싶은 기분

1판 1쇄 인쇄 2023년 1월 25일
1판 1쇄 발행 2023년 1월 30일

지은이 | 요조
펴낸이 | 정은숙
펴낸곳 | 마음산책

편집 | 성혜현 · 박선우 · 김수경 · 나한비 · 이동근
디자인 | 최정윤 · 오세라 · 차민지
마케팅 | 권혁준 · 권지원 · 김은비
경영지원 | 박지혜

등록 | 2000년 7월 28일(제2000-000237호)
주소 | (우 04043) 서울시 마포구 잔다리로3안길 20
전화 | 대표 362-1452 편집 362-1451 팩스 | 362-1455
홈페이지 | www.maumsan.com
블로그 | blog.naver.com/maumsanchaek
트위터 | twitter.com/maumsanchaek
페이스북 | facebook.com/maumsan
인스타그램 | instagram.com/maumsanchaek
전자우편 | maum@maumsan.com

ISBN 978-89-6090-793-5 03810

* KOMCA 승인필
* 책값은 뒤표지에 있습니다.

익숙하게 싫어하던 대상에 낯설게 임해보면
싫어하는 마음이 슬그머니 묘연해질 때가 있다.

책머리에

피아노를 연주하는 광경을 바라볼 때 우리의 시선은 주로 흰 건반과 검은 건반 사이를 현란하게 오가는 손가락의 움직임에 머문다. 음악은 바로 거기에서만 만들어지는 것처럼 보인다. 그러나 음률의 마무리가 순간순간 결정되는 위치는 손이 아니라 발 쪽이라고 말할 수 있다.

피아노의 아래쪽에, 발로 밟을 수 있게 만들어진 페달이 있다. '서스테인 페달'이라고 부른다. 그 페달을 밟고 건반을 누르면 손가락을 떼어내도 음이 한동안 계속 이어진다. 페달을 밟은 발을 떼면, 이어지던 음은 감쪽같이 사라진다. 피아노를 연주하는 사람은 손가락으로 건반들을 부지런히 누르는 동시에 발로는 서스테인 페달의 원리를 잘 이용할 줄 알아야 한다. 피아니스트의 발로 완벽하게 컨트롤

되는 서스테인 페달을 거쳐 우리는 따뜻하고 풍성하게 늘어나는 선율과 경쾌하고 냉정하게 딱딱 떨어지는 선율을 번갈아 기쁘게 들을 수 있다.

여기 모인 글들의 길이는 좀 들쑥날쑥하다. 처음부터 이 정도(?)는 아니었는데 책으로 묶는 과정 속에서 글들을 다듬어가며 더욱 들쑥날쑥해졌다. 마치 머릿속에서 서스테인 페달을 밟아가며 작업하는 것 같았다. 오래된 업라이트 피아노의 서스테인 페달을 밟을 때 나는 꾸걱 꾸걱 소리를 환청처럼 들으면서 이 글은 그냥 이렇게 여기서 확 끝내자, 이 글은 좀 더, 좀 더 가보자, 내키는 대로 해보는 개구쟁이 연주자처럼 작업했다. 정해진 길이에 맞춰 써야 한다는 생각으로 글을 쓸 때는 느껴보지 못했던 음악적 감각이 이번 책에 동원되었다는 것은 음악가이기도 한 나에게 무척 편안하고, 또 의미 있는 경험이었다.

이 책의 마무리 작업 중이던 2022년 크리스마스 즈음, 나는 잠깐 짬을 내서 한 센터에서 주관한 움직임 워크숍에 참가해 3일간 다른 사람들과 함께 움직이고 만지는 경험을 했다. 장애인과 비장애인이 함께한 시간이었다. 거기서 나는 '만진다는 것'에 대해 배웠다. 시각장애인에게 움직임을 설명하기 위해서는 그가 움직임을 반드시 만질 수 있어야 했다. 만진다는 것은 정말이지 육체적인 일이었다. 그런가 하면 다른 사람과 마주 서서 맞댄 손을 떼어냈다가 다시 접촉했다가 하면서 서로 닿지 않은 상태에서도 만질 수 있는 방법을 감각할 때, 터치는 육체적인 일이라는 사실을 사뿐히 초월했다. 마지막 날, 우리가 각자의 실패담을 나누어 읽고 서로의 실패를 알고 있는 몸이 되어 함께 굴러가는 경험을 할 때는 얼마 전 나의 책방에서 열었던 '전국 실패 자랑' 행사가 떠올랐다. 이전 책인 『실패를 사랑하는 직업』을 내고 나서 그것을 기념하기 위해 만든 자리였다. 책방에 동그랗게 모여 앉은 사람들이 한 명 한 명 자기의 실패를 훌륭하게 자랑했다. 그날 예상하지 못했던 문제가 있었다. 실패 자랑은 다들 성공적이었는데, 나를 포함한 모두가 그 성공적인 실패를 축하할 수 있는 적당한 언어를 찾지 못했던 것이다.

"저는…… 제가 이 세상에 태어난 것 자체가 실패인 것 같아요."

참여자 중 한 분이 이렇게 말했을 때, 그 자리엔 침묵이 한동안 이어졌다.

힘내세요, 그렇게 생각하지 마세요, 앞으론 다 잘될 거예요, 기도할게요……. 떠올려볼 수 있는 모든 위로의 말들이 얼마나 비루하기 그지없는지를 새삼스럽게 자각한 사람들의 절망이 만들어낸 침묵이었을 것이다(나는 그 절망감이 얼마나 컸던지 속이 상해서 엉엉 울고 말았다).

나는 내 실패를 읽은 다른 사람들이 내 몸을 만지는 것을 허락하면서, 동시에 나 역시 다른 실패 주체들의 몸을 만지면서 함께 같은 방향으로 천천히 굴렀다. 그때 타인의 실패 앞에서 내가 끝내 찾지 못했던 언어의 실마리가, 바로 이 부근에 있는 것 같다는 생각이 들었다.

내가 경험하고 있는 이 언어는 뭐지. 어떻게 나는 이 언어를 이해할 수 있는 거지. 이 언어를 읽는 일은 어디에서 어떤 방식으로 이루어지고 있는 거지. 그런 생각을 하며 새해를 맞았다. 그때만 해도 이 책의 제목이 『만지고 싶은 기분』이 될 줄은 짐작도 못 했는데.

글을 거두어 멋진 책으로 만들어주신 마음산책에 감사드린다.

그동안 나를 만져준 사람들에게도 고맙다고 말하고 싶다.

간혹 책이 읽는 사람을 어루만지는 일이 일어난다는 것

을 알고 있다.

이 책이 당신을 그렇게 해줄 수 있었으면 좋겠다.

2023년 1월

혜화동에서

요조

차 례

2

실패하는 방식으로 반짝이며

3

마음들의 경합

5

의외의 재미

1

시시하고
외롭지 않게

너를 너무 사랑해서
나는 두려워

당신에게도 단골 악몽이라는 것이 있는지 궁금하다. 군대에 다시 입대하는, 수능을 다시 보는 꿈처럼 반복적으로 빠지는 끔찍한 곤경의 밤이 당신에게 있는지. 나에게는 그런 꿈들이 있다. 그 악몽 속에서 나는 언제나 일관되게 음악가로 등장한다. 나는 음악가일 뿐만 아니라 작가이기도 하고 책방 주인이기도 한데 매번 음악가인 나만 악몽 속에서 갖은 고생을 한다. 아니 작가로서, 책방 주인으로서 겪을 법한 끔찍한 순간들이 얼마나 많은데 말이다. 책을 발표했는데 열 권도 안 팔린다든지, 책방에 불이 난다든지, 글을 끔찍하게 못 쓴 나머지 내 책을 구입한 독자들이 책방으로 몰려와 단체로 환불 요청을 한다든지……. 그러나 그런 꿈은 한 번도 꾼 적이 없다. 대신 내가 꾼 악몽들은 언제나 이런 식이다.

세수도 안 한 채 집에 드러누워 있는데 매니저에게 30분 뒤 공연인데 어디냐는 연락을 받는다. 공연장에 갔는데 웬 오케스트라가 준비되어 있고 내 보면대 위에는 지휘봉이 올려져 있다. 수많은 단원들이 지시를 기다리며 날 바라보고 있다. 노래를 부르는데 갑자기 가사가 한 줄도 생각나지 않는다. 기타에 불이 붙어서 구멍이 난다. 나는 멋진 옷을 입고 계단을 천천히 밟으며 커다란 무대에 오르는 중이다. 동시에 내 노래의 전주가 부드럽게 흘러나오고 있다. 그런데 정작 나는 처음 들어본 노래다…….

얼마 전에도 악몽을 꾸었다. 무대에서 노래를 부르다가 깜박 조는 꿈이었다.

피아노를 치면서 노래를 부르고 있었는데 나도 모르게 잠이 들었다가 소스라쳐 눈을 떠보니 관객석은 텅 비고 세 명 정도가 남아 졸고 있었다. 이런 악몽에서 깨고 나면 나는 한동안 침대 위에 어안이 벙벙한 채로 누워 이 공포의 기원에 대해 생각한다. 어떤 공포는 너무 사랑하기 때문에 엄습한다.

터치

놀이터 벤치에 앉아 있는데 한 손에 깁스를 한 할머니가 다가와 정중하게 자신의 손톱을 깎아줄 수 있는지 부탁해 왔다는 글을 SNS에서 읽었다. 글쓴이는 흔쾌히 손톱을 깎아드렸고 답례로 행주와 율무차를 받았다고 했다. 요즘 이런 글에 유난히 울컥한다. 눈물로 그렁해진 눈을 옷소매로 무심히 닦아내며 나는 어제의 일을 떠올렸다. 친구의 생일 선물을 사려고 서울 명동에 갔다. 딱히 무엇을 사주면 좋을지 생각하지 않고 두리번거리다 내가 좋아하는 영국의 자연 친화적 화장품 브랜드 매장을 발견했다. 들어서니 자연스레 입구에 서 있던 직원분이 나를 따라왔다. 그의 친절을 조금 심드렁하게 받아들이며 이것저것 냄새 맡고 손등에 발라보다 끈적해진 손등을 씻어내려 매장에 비치된 세면대에 다가갔을 때, 직원분은 "손 씻으시는 김에"라고 하면서 내 손을 잡았다. 그러고는 직접 스크럽과 컨디셔너를 발라주고 마사지해주며 성분들을 설명해준 뒤 손을 흐르는 물에 꼼꼼히 씻겨주었다. 내 손을 조심스럽게 매만지는 타인의 손을 보며 나는 마음이 이상해졌고 그 기분이 머쓱해서 웃고 말았다.

웃음소리를 들은 직원분이 여전히 내 손을 잡은 채 나를 바라보았다. "죄송해요. 점점 터치가 조심스러운 시대에 살아서 그런지 그냥 이런 접촉에도 마음이 찡해지고 그래요. 그게 좀 민망해서 웃었어요."

내가 사실대로 말하자 직원분은 크게 웃었다. 업무적인 웃음이 아니라는 것을 알 수 있었다.

친구의 선물을 다 고르고 포장을 부탁드리며 떠날 차비를 하는데 직원분이 말했다.

"저 괜찮으시면 저희 매장 향수 코너에서 좀 더 놀다 가실래요? 안 사셔도 돼요. 그냥 보시다시피 매장이 너무 한가해서……."

나는 한참 뒤에야 매장을 나왔다. 아름답고 다양한 향기들을 정신 없이 맡느라 머리가 조금 지끈했지만 행복한 시간이었다. 집으로 천천히 돌아가면서는 다가올 나의 다음 터치가 줄 기쁨을 생각했다. 생일을 맞은 친구의 따뜻한 손, 둥근 어깨 같은 것을.

부사 인간

얼마 전 한 매체와 인터뷰를 하던 중이었다. 질문에 신중하게 대답하고 있었다. 나의 모습은 모두 영상으로 촬영되었다. 한두 질문을 마친 뒤 인터뷰어가 말했다.

"요조 님, 말씀하실 때 '정말', '너무'라는 말 조금 덜 쓰려고 노력하면서 말씀해주시면 좋을 것 같아요."

나는 조금 무안해진 채 고개를 끄덕였다. 말하면서 '정말'과 '너무'라는 말을 그렇게 많이 쓰는지 조금도 의식하지 못했지만 내가 그 두 부사를 자주 쓴다는 것은 이미 알고 있었다. 글을 쓸 때도 그렇기 때문이다. 빠르고 급하게 완성한 초고 위에는 '정말'과 '너무'라는 말이 가로수처럼 촘촘하게 박혀 있어서, 그것들을 일일이 찾아 없애는 것이 퇴고할 때마다의 주된 일이다. 말하고자 하는 어떤 상태가, 어떤 마음이 커다래지면 나는 나도 모르게 그 두 말을 마구 남발하게 된다.

딱히 부사를 덜 쓰기 위해서가 아니라 그냥 이 말 자체를 지겨워하는 사람들이 많은 것 같기도 하다. 그런 까닭에 '정말'과 '너무'를 대체할 수 있는 표현들이 꾸준히 등장하는 것 아닐까.

'좋다'를 예로 들면,

대박 좋아, 존좋, 핵좋아, 개좋아, 개꿀, 멍좋아…….

나는 가끔 '정말', '너무' 같은 부사가 몸에 녹아들어간 사람을 본다.

일론 머스크가 '전 돈이 많습니다'라고 말할 때 '너무'나 '정말'이라는 말은 일론 머스크 자신으로 설명되는 것처럼. 세계 마라톤 1인자로 꼽히는 킵초게가 '전 달리기를 잘합니다'라고만 말해도 듣는 사람은 알아서 그를 통해 거대한 '정말'과 '너무'를 목격할 수 있는 것처럼. 그런 사람들이 부럽다.

부사를 특별히 멀리하고 싶은 것이 아님에도 불구하고, 그 어느 때보다 분명하게 '정말'과 '너무'가 필요함에도, 끝내 그 말을 못 하는 순간들이 있다. 나도 그럴 때는 부사 없이 말한다.

맛있다.

고마워.

사랑해.

그리고 소망한다. 말하지 못한 부사로 가득 차 부사 인간이 된 내 몸을 알아봐주기를.

오래가는 선물

내가 최초로 점을 본 나이는 네 살 정도로 추측한다. 내 기억 속에는 존재하지 않는 일이나 내 어머니인 백기녀가 옛날이야기처럼 후에 여러 번 들려주었다.

부모님은 내가 어릴 때 친구의 공장 한 편에 딸린 작은 숙소에서 살았다. 거기서 어머니 백기녀는 그 공장 직원들에게 밥을 해주면서, 아버지 신중택은 그 공장의 공장장으로 노동하며 돈을 벌었던 것으로 알고 있다. 그 공장에는 연초마다 그해 공장의 운을 미리 알려주는 여자 스님이 다녀가셨다. 백기녀는 그곳에서 맞은 첫 새해, 어린 나를 안은 채 그 연례행사를 멀찍이서 구경했다. 그때 스님은 우리를 스쳐 지나가며 이런 말씀을 하셨다고 한다.

"딸이 커서 장미꽃이 되겠구나."

그 말을 들은 백기녀가 무척 기뻐하자 "장미꽃에는 가시가 있다는 것을 잊지 말게"라는 말을 덧붙였다고 한다.

나는 이 이야기가 너무 좋아서 틈만 나면 백기녀를 통해 듣고 또 들었다. 우리의 대화가 어쩌다 그 시절로 아주 살짝 기울기만 해도 내가 바로 운을 뗐다.

"그때 어떤 스님이 내 운도 봐주셨댔지?"

그럼 백기녀는 지치지도 않고 똑같은 이야기를 반복했다. 응, 우리 수진이가 커서 장미꽃 같은 사람이 될 텐데, 그런데 대신에 가시가 많을 거라고 그랬지. 애기 때 수진이가 너무 못생겨서 내심 엄마도 아빠도 상심하고 있었는데 커서 장미꽃이 된다니까 가시고 뭐고 그냥 좋았지 뭐.

스님이 대단한 현안으로 내 미래를 봐주셨다는 생각은 들지 않지만, 그리고 내가 정말 장미꽃 같은 사람이 되었는가에 대해서도 자신은 없지만, 그다지 대단할 것 없는 두 문장이 나와 우리 부모님의 삶 속에서 지금까지 미치고 있는 역할에 대해 음미해보면 문득 그 스님께 뭐라도 답례를 하고 싶은 기분이 든다. 특히 그 두 문장을 꽤나 독실하게 믿었던 나의 순진하고 오래된 믿음(장미 파트보다도 가시가 많다는 부분에 특히 매료되어 있었다), 그리고 그 믿음으로 인해 내 현실에 언제나 드리워져 있었던 희망이라는 양달 한 편. 그건 얼굴도 모르는 스님이 내게 주신 너무 좋은 선물이었다.

부모님은 그때도 그랬지만 그 이후에도 그다지 사주를 보러 가신 적이 없다. 한편 나는 종종 이런저런 점을 보곤 했다. 친구와 사주 카페에서 커피를 시켜놓고 사주를 보기도 했고(그 역술가는 아직 10대이던 나에게 이혼수가 있다는 말을 했다), 학원 선생님에게 관상을 보기도 하고(그는 내 이마를 보고 남편에게 잔소리를 안 할 타입이라고 했다), 동료 뮤지션에게 손금을 보기도 했으며(그는 나에게 일찍 죽을 운명인데 왜 아직까지 살아 있는 거냐고 물었다), 국내 최고의 타로 마스터 친구와 술을 마시며 그가 알려주는 나의 성향을 술에 취해 잊어버리지 않으려고 애썼다(결국 이 말만 기억에 남았는데, 그는 내가 겉으로 티를 내진 않지만 늘 속으로 은밀히 사람들을 내려다보며 우월감을 느끼는 타입이라고 했다).

그중 가장 여러 번 본 것은 역시 사주다. 갑자기 너무나도 궁금한 것이 있어 내 돈을 내고 본 적도 있고, 좋아하는 언니가 선물로 예약을 잡아준 적도 있고, 내 생시를 아는 누군가가 대신 봐준 적도 있다. 동일한 사주팔자이므로 출발은 비슷한 느낌이지만 곧 해석은 재미있게 갈리곤 했다. 한 역술가는 나에게 역마살, 도화살이 있어 사람들에게 언제나 인기를 끈다고 말했지만 또 다른 역술가는 내가 타인에게 매력적인 어필을 평생 하지 못할 목석 같은 팔자라고 했다. '수水'가 하나도 없는 나의 오행을 두고 물을 보고 살고 좋은 물을 많이 먹으라고 풀이한 역술가가 있었고 '수'가 많은 사람을 곁에 두라고 조언하는 역술가도 있었다. 사주를 보는 횟수가 점점 늘어나다 보니 나에게도 일종의 '짬밥'이 생긴 것인지 사주를 볼 때마다 오히려 나 자신보다도 역술가에 대해 쓸데없이 알아가고 있다는 기분에 빠진 적도 많았다. 이를테면 어떤 역술가는 먹는 일에 대한 조언에 특히 정성을 들인다. 매운 음식을 지양하고, 아침마다 참기름을 한 스푼씩 먹으면 좋으며, 다시마, 김, 미역국, 그리고 메밀을 자주 먹고……. 그 말을 들으면서 나는 자연스럽게 이런 생각을 한다. 이분은 먹는 일을 아주 중요하게 생각하시는구나. 자기 자신의 운명도 먹는 일로 닦아나가겠구나. 그런가 하면 어떤 역술가는 모든 해석의 근거가 돈과 남자로 이루어진다. 그가 알려주는 나의 좋은 시기, 나쁜 시기는 다시 말해 그저 남자가 꼬이고 안 꼬이고, 혹은 돈이 벌리고 안 벌리는 시기였다. 자네가 이렇게 해야 남자들이 좋아해. 자네가 이렇게 해야 돈이 모여. 이런 말을 들으며 나는 그 역술가의 삶의 축이 무엇인지도 어렵지 않게 짐작할 수 있었다.

사주를 보고 나올 때마다 으, 별거 없잖아, 정말 이제 여기까지야, 하고 다짐하곤 하지만 그러다가도 누군가 이 사람이 용하대! 누가 정말 잘 맞힌대! 라고 하면 고새를 못

참고 거기가 어디야? 하고 목을 길게 빼는 것을 보면 나는 대체 나의 무엇을 알고 싶어서 이렇게까지 포기를 모르는가 싶다. 어쩌면 나는 그저 선물을 받고 싶은 것일까. 스님에게 받았던 것 같은 그런 오래가는 선물을 나는 내내 그리워하는 것일지도 모르겠다. 그렇게 내가 특별한 사람인 것처럼 만들어주던, 순식간에 나를 주인공으로 만들어주던 두 문장 같은 것을.

며칠 전 고양이 모래를 검색하다 어떤 리뷰를 읽었다. 자신 역시 여느 집사들처럼 완벽한 모래를 찾아 끊임없이 방황하고 있지만 정말이지 그 '완벽한 모래'라는 것은 존재하지 않는 것 같다고. 응고력, 먼지 날림 없음, 탈취력, 사막화, 가격. 그 모든 영역에서 자신을 만족시킨 것은 없었다고. 자신은 좀 지쳤으며, 그래서 그냥 여기 이 제품에 정착하겠다고. 완벽하진 않지만 그냥저냥 이 정도로 만족하겠다고.

나는 이 체념적인 설득에 마음이 움직여 같은 모래를 주문했다. 고양이 모래를 주문하면서 겸하기엔 조금 우스꽝스러운 일이지만 내 운명에 대한 궁금증에 대해서도 같은 마음을 먹는 게 좋겠다는 생각이다.

그러고 보니 내가 여태 봐온 사주 풀이의 공통적인 부분이 하나 있다. 그것은 굉장한 말년 운이다. 모두가 입을 모아 말했다. 말년 운이 정말 좋다고. 말년의 좋은 운이란 것에 대해 생각한다. 말년에 비싸고 맛있는 최고급 다시마, 김, 미역, 메밀, 참기름을 매일매일 선물받는다는 말일까? 아니면 말년에 멋진 남자들이 동시에 우르르 나에게 고백한다는 말일까? 말년에 길에서 주운 로또가 1등에 당첨된다는 말일까? 아무튼 말년까지 살아남기 위해 최선을 다하는 수밖에 없다.

행인 1의 튼튼한 산책

파자마가 찢어졌다. 한 번 찢어져서 수선을 맡겼는데 그 옆이 또 찢어진 것이다. 오른팔 겨드랑이 부분인데 왜 거기가 유독 찢어지는 것인지 궁금하다. 자면서 내 오른팔의 움직임을 몸통 쪽 옷감이 감당하지 못하는 순간들이 종종 있나 보다. 수선집 아저씨가 옷을 보더니 심하게 찢어져서 뭘 덧대야 할 텐데 원래 옷감과 비슷한 천이 없다고 난처해 하셨다. 나는 수선한 티가 역력하게 나는 것을 좋아하는 편이라 괜찮다고 몇 번이나 말하면서 아저씨를 안심시켰다. 그냥 잘 때 입는 옷이에요. 생판 다른 색 천이어도 저는 좋아요. 그래도 아저씨는 톤이 맞지 않는 천으로 덧대는 게 자신의 직업윤리에 어긋나는 일이라고 생각하는 것인지 계속 걱정스럽다는 듯 고개를 갸웃갸웃하면서 일단 내일 와보라 하셨다. 옷을 맡기고 나오자마자 나는 깜박하고 있던 사실을 깨달았다. 그것은 고급 바느질 기술을 배워서 내가 직접 이 찢어진 것을 (티 엄청 나게) 꿰매봐야지, 하고 다짐을 했었다는 사실이었다. 그렇지만 아저씨가 대체 어떤 천으로 덧대어주실지 기대하는 것도 그만큼 흥미진진한 일이어서 맡긴 것을 도로 무르지 않고 가던 길을 갔다. 가던 길을 가면서 내친김에 산책을 하려고 안 가던 길로 들어섰다. 처음 보는 오르막길을 성큼성큼 오르면서 바느질을 직접 하는 것도, 다른 전문가에게 일임하는 것도, 어느 쪽이든 상관없이 좋은 나의 입장에 대해 생각해봤다.

언제부터인지 나는 이래도 좋고 저래도 좋은 태도로 살게 된 것 같다. 한때는 반드시 내가 해야만 했거나, 내가 할 수 없기 때문에 반드시 다른 사람이 해야만 한다고 생각하던 시절도 있었던 것 같은데. 제법 여유를 즐길 줄 아는 사람이 된 것으로 볼 수도 있겠지만 어쩐지 나에게는 이 세계에서 자신이 주인공이 아니라는 사실을 드디어 깨달은 사람의 태도처럼 여겨진다.

'반드시 내가 해야만 해'라는 말은 주인공의 말이라고 생각한다. 그래서 사랑을 할 때 우리는 '당신이 아니면 안 된다'라는 말을 한다. 사랑을 할 때 세계의 주인공은 '나'와 내가 택한 '당신'이므로.

재미있는 점은 주인공의 말은 늘 무척 연약해 보인다는

것이다. 유일하다는 것은 어쩐지 아슬아슬하고 위태로워 보인다.

한편 내가 해도 되고 다른 사람이 해도 된다는 말은 행인 1의 말이다. 행인 1은 얼마든지 대체 가능하다. 행인 2가 될 수도 있고 3이 될 수도 있다. 그래서 강하고 든든하고 질기게 여겨지는 말이기도 하다.

그런 생각을 하며 행인 1은 무사하고 튼튼하게 저녁 산책을 마치고 귀가했다.

쾌락 수호

나의 가장 쾌락적인 삶은 무엇일까.

그것은 많이 운동하고 많이 읽는 삶이다. 그리고 날씨에 휘둘리는 삶이다. 날씨가 끝내주게 화창할 때 하루 종일 자전거를 탄다거나, 비가 올 때 꼼짝 않고 집에 머물며 감자도 삶아 먹고 고구마도 삶아 먹으면서 책을 보거나 하는 일. 그게 다다. 아버지를 닮아 누가 시킨 일에는 성실하지만 사실은 완전히 한량 체질이다. 그 쾌락이 보장되지 못할 때 나는 슬프다.

그 밖의 일들, 이를테면 돈 버는 일, 글 쓰는 일, 노래 만드는 일, 섹스하는 일, 쇼핑하는 일, 사람들을 만나는 일, 맛있는 것을 먹는 일은 하면 좋고 안 하면 아쉽다.

며칠 전 독서 모임에 나온 어떤 분이 자신은 슬픔이라는 것에 무감한 사람이었는데 어느 순간 자연스럽게 슬픔에 눈을 뜨게 되었다고. 그런데 뒤늦게 알게 된 슬픈 감정이 너무나 고통스러워서 이제는 아주 적극적으로 슬픔에서 도망치는 사람이 되었다고 했다. 아무 정보 없이 영화를 보다가도 뭔가 슬픈 영화일 것 같다는 직감이 들면 보던 영화를 멈춘 채 누군가 써놓은 스포일러를 읽으며 슬프지 않은 엔딩임을 확인하고 나서야 영화를 이어서 본다는 것이다. 한번은 보던 영화가 기습적으로 슬픔을 주는 바람에 그 슬픔을 중화하기 위해 일부러 예능을 몇 시간 보다 잤다는 말까지 했다. 슬픔에 저 정도로 예민할 수 있는 걸까. 변태 같다고 주변 사람들이 크게 웃는 사이, 나는 다른 생각을 했다. 내가 아주아주 오랫동안 슬픔에 절인 올리브같이 살고 있었다는 생각. 자기 몸도 짜고 자기를 둘러싼 세계도 짜서 짠맛이 뭔 줄도 모르는 그런 상태 같다는 생각.

해오던 일과 제안받은 일들 몇 개를 잠시 멈추고 거절할 준비를 하나하나 해보려고 한다. 그렇게 확보한 시간에 못 누린 나의 쾌락을 다시 누리다 보면, 어느새 싱거워진 내가 슬픔이 주는 짠맛을 다시 감각할 수 있을 것만 같아서다.

어떤 행복

서울에 있을 때는 아침에 성북구 돈암동 길을 종종 달린다. 메인 길, 하나로 길, 패션 거리 등으로 불리는 번화가 길이다. 길의 양옆에는 포장마차, 카페, 미용실, 옷 가게, 술집, 음식점, 휴대전화 가게 등등이 즐비하다. 이른 아침일 때는 모두 문이 닫혀 있지만 늦은 오전일 때는 하나둘 오픈 준비를 하는 가게 점원들과 마주치기도 한다. 바닥엔 전날 밤의 흔적인 테이크아웃 컵, 담배꽁초, 누군가의 토사물 같은 것들이 눈에 띈다. 마치 물청소를 한 듯 깨끗하고 단정한 골목길을 달리는 것도 좋아하지만 아침 태양 빛에 적나라하게 드러난 어수선하고 지저분한 유흥의 거리를 달리는 것에도 나는 설명하기 어려운 즐거움을 느낀다. 나는 골목 곳곳에 널린 쓰레기를 통해 전날 밤의 소란을 짐작하면서 네온사인이 꺼진 간판의 한숨 돌리는 듯한 지친 기색을 지나쳐 길의 끝까지 달려나간다.

이 길은 내가 중학생 시절 많이 놀았던 구역이기도 하다. 스스로에 대해 아직 객관적인 파악이 되지 않은 채로 예뻐지고 싶은 욕망만 끓어올랐던 그때, 이상한 신발도 옷도 다 이 길에서 샀었다. 부모님이 당최 허락해주지 않아 샀던 신발을 도로 환불해야 했던 신발 가게, 체리콕을 먹으며 자그마치 세 명의 남자 친구를 동시에 만난다는 날라리 친구의 무용담을 홀린 듯 들었던 카페, 방학 때면 몰래 염색을 했던 미용실, 친구와 줄기차게 찍었던 스티커 사진관……. 나는 달리면서 하나하나 곱씹는다.

기억으로 살려낸 1990년대의 거리를 끝까지 달려 왼편으로 방향을 틀면, 유일하게 여전히 사라지지 않고 존재하는 짱구분식이 나타난다. 오늘도 별일 없이 장사 잘하세요! 속으로 응원하며 이 가게를 반환점 삼아 뒤돌아 달려나가면 이제부터는 해가 왼편에서 나를 비춘다. 이런 순간의 행복은 얼마나 무서운지, 나는 무서운 게 아무것도 없어진다.

인간의 가장 귀여운 점

제주에 사는 사람이라는 사실이 무색하게 작년에는 바다에 단 하루 나갈 수 있었다. 15분이면 갈 수 있는 바다에 1년 중 단 하루. 아마 일부러 시간을 내어 제주를 찾는 관광객들보다도 적은 시간일 것이다. 365일 중 꼴랑 하루를 바다 보는 데 보냈다는 사실에 나는 작은 충격을 받았다. 무슨 일이 있어도 내년 여름에는 일 안 하는 한 달을 무조건 정해서 매일 바다에 나가고 말겠다고 작년 가을 겨울 내내 다짐했다. 그때 콕 짚었던 달은 7월이었다. 그리고 막상 7월이 되었는데…… 당연하게도 보기 좋게 실패했다. 그래도 바다에 나오는 데 성공은 했다.

아이스박스에 넣어둔 맥주를 하나씩 꺼내 마시며 책을 읽다가 바다에 들어갔다가 하는, 내가 아주 좋아하는 시간. 하늘에는 구름이 적당히 있어 해가 보이다 안 보이다

하고, 피부는 조금씩 뜨겁고 따가워진다. 1년 내내 그리워했던 통증. 나는 이 감각에 감격하며 눈을 꾹 감는다.

내가 여름에 바다에 나가는 첫 번째 목적은 사실 바닷물에 뛰어드는 것이 아니다. 그것은 바로 바다를 배경으로 둔 채 그저 그 곁에서 맨살을 드러내놓고 태양이 내 피부를 쬐게 만드는 것이다. 그럼 피부는 점점 뜨겁고 벌게진다. 생각하면 할수록 그게 귀엽게 여겨진다. 인간의 피부가 햇빛에 노출되면 그 부위가 그을린다는 사실 말이다. 대체 왜 조물주는 인간에게 이런 속성을 심어놓은 것일까? 아마도 그것이 귀엽기 때문일 것이다. 조물주는 다양한 귀여움에 관심이 많으신 분이다. 그래서 고양이를 만들 때는 뱃살을 귀엽게 만들고, 개를 만들 때는 뒤통수를 귀엽게 만들고, 돼지를 만들 때는 꼬리를 귀엽게 만들었을 것이다.

집으로 돌아와 수영복을 벗었다. 내 몸에 한낮의 태양이 저장된 듯 온몸이 열감으로 아득하고 피부는 태양의 무늬로 조각나 있다. 정말 신기하고 귀여워. 나는 또 한 번 내가 인간이라는 사실을 생각한다.

어디 있는지 알아요

얼마 전 새끼발가락을 다쳤다. 다용도실에 있는 고양이 화장실 덮개에 걸려 넘어졌다. 왼쪽 발, 오른쪽 손, 그리고 오른쪽 어깨가 두루뭉술 아파 대충 아픈 부위에 파스를 붙이고 잤다. 밤 내내 발이 욱신거려 뒤척였다. 기껏 든 잠에서 고통 때문에 깨는 것은 겪을 때마다 참 서럽다는 생각이 든다. 아무리 우스꽝스럽게 다쳤다고 해도 말이다. 다음 날 아침, 아픈 부위는 좀 더 분명해졌다. 왼쪽 새끼발가락만 어둡게 푸른 멍이 들었다. 오른쪽 손에는 별다른 상처가 없었지만 엄지손가락이 아프다는 걸 알았다. 오른쪽 어깨는 대수롭지 않게 여겨졌다. 골절은 아닌 것 같아 병원에 가지 않았다. 현재 새끼발가락의 멍은 발톱에 흔적만 남아 있다. 그리고 묽어진 멍이 발등으로 내려와 있다. 멍의 오묘한 색도 그렇고 매일매일 이동 경로가 눈으로 확인되는 것도 그렇고 어쩐지 피부 위에 우주가 펼쳐지는 느낌이다.

사소한 게 사소한 게 아니라는 것은 사소한 부위를 아파보면 누구나 깨닫게 된다. 나는 당장 내가 좋아하는 달리기를 비롯해 요가도, 산책도 할 수 없게 됐다. 절뚝이느라 그런 건지 지나치게 쉽게 피로해져 틈만 나면 눕고 싶은 유혹에 빠졌다. 뿐만 아니라 절뚝이면서 걷느라 너무나 아픈 사람으로 보인 나머지 놀라서 걱정해오는 사람들이 생겼고, 그들에게 내가 아주 우습게 넘어졌고 겨우 새끼발가락을 다쳤다는 보잘것없는 사실을 계속 설명하느라 하루에도 몇 번이나 머쓱해야 했다. 겨우 있으나 마나 하게 보이는 새끼발가락 하나 때문에 이게 다 무슨 일인지.

언젠가 시인인 친구의 책방에 놀러 간 적이 있다. 그때 그가 했던 말이 생각난다. 대뜸 내게 무릎이 어디 있는 줄 아느냐고 물었다. 무슨 말이지, 하고 영문을 모르는 얼굴로 바라보자 그는 말했다. 나는 이제 무릎이 어디 있는지 알아요. 이제야 그 말이 뜻하는 바가 이해된다. 나 역시 성실하게 내 새끼발가락이 어디 있는지만을 아는 생활을 하고 있으니 말이다.

'~인 것 같아요'라는 말을 옹호함

하루는 페이스북에서 좋아하는 페친이 쓴 흥미로운 글을 보았다.

'이유 없이(혹은 이유 있게) 거슬리는 단어나 표현'에 대해 이야기하는 글이었다. 거기에는 100개가 넘는 댓글이 달려 있었다. 왜 싫어하는 것에 대해 말하는 분위기에는 좋아하는 것에 대해 말하는 분위기에서는 좀처럼 보이지 않는 투덜투덜한 리듬의 신명이 있는지. 나는 원글뿐 아니라 댓글들도 너무너무 신나게 읽었다. 싫어하는 마음이 유발하는 흥분이 전이되어서이기도 했지만, 그 싫어함의 다채로움이 실로 대단했기 때문이었다. 차별과 혐오가 명백하게 드러나는 표현들—발암, 시집간다, 여자치곤, 병신 같다—뿐 아니라 '사뭇'이나 '오롯이'처럼 아무 죄 없이 그저 느끼하다는 이유로 미움을 받는 표현들도 있었다. '지긋지긋하다'라는 말이 너무 싫은데 왜냐하면 어감부터 이미 질리기 때문이라는 댓글과, 뛰는 놈도 나는 놈도 많은 세상인데 누가 '……의 길로 뚜벅뚜벅 걸어가겠습니다'라고 말하면 그게 그렇게 듣기에 불만스럽다는 댓글을 읽으면서는 '와, 정말 별걸 다 싫어해!'라고 생각하며 한참 소리 내 웃었다. 그런 다양한 댓글들 사이에 '~인 것 같아요'라고 말하는 것이 듣기 싫다는 의견이 제법 끼어 있었다.

'~인 것 같아요' 화법을 탐탁지 않아 하는 사람들을 여러 명 보았다. 신중택(아버지)도 그런 사람이다. 신중택은 나랑 티브이를 보다가도 그렇게 말하는 사람들이 등장할 때마다 바보 같다고 혀를 찼다.

"저 사람 말하는 것 좀 봐라. 기분이 좋은 것 같아요, 라니. 아니 자기 기분이 좋은지 나쁜지 그것도 몰라?"

자기 감정에 대해서조차 확실하게 말하지 못하고 좋은 것 같다, 맛있는 것 같다 쭈뼛거리기만 하는 이 말투에 대해서는 나도 복잡한 마음이었다. 이 표현을 쓸 때마다 스스로 물렁하고 무책임한 사람이 되는 것 같은 찝찝함을 느끼면서도 이 표현 없이 대화를 한다는 것이 거의 불가능했기 때문이다. 그러다 보니 갑자기 말을 하다 말아버린다든가("저는 파란색이 더 좋은 것……"), '~인 것 같아요'를 안 쓰기 위해 '~인 듯해요', '~하지 않나 싶어요', '~라고 저는 생각하고(느끼고) 있습니다' 등등 온갖 완곡한 표현을 가져다가 용을 쓰기 시작했다.

그러던 시간을 거쳐 오늘날 나는 이 말투를 제법 떳떳하게 쓰는 사람이 되었다. 쓸 때뿐 아니라 들을 때에도 좀 더 너그럽게 되었다. 계기가 있었다. 그것은 어떤 시 때문이었다. 내가 가장 좋아하는 한 문학 팟캐스트에서 그 시를 들었다.

영국의 대표 시인 중 한 명인 필립 라킨의 시 가운데 「침대에서의 대화Talking in Bed」라는 시였다.

침대에서의 대화는 가장 편안해야 하지
거기 함께 눕는 것은 아주 오래전부터의 일
두 사람이 정직하다는 것의 한 상징

그러나 시간은 점점 더 말없이 흐른다
바깥에서는 바람에 불완전한 불안이
하늘 여기저기에 구름을 짓고 흩트리고

캄캄한 마을은 지평선 위에 아무렇게나 쌓인다
그중 어느 것도 우리를 보살피지 않지

그 무엇도 이유를 보여주지 않아
고립으로부터의 이 독특한 거리에서는

왜 찾기가 오히려 더 어려워지는지를 말이야
진실한 동시에 다정한 말을 혹은
진실하지 않은 것도 아니고 다정하지 않은 것도 아닌 그런
말을

인간과 인간 사이의 대화가 얼마나 어려운 일인지 설명하기 위해 이 시를 가져와 번역한 신형철 평론가는 느리고 차분하게 이 시를 소리 내 읽었다. 으레 다른 부부들이 그렇게 하듯 하루가 저물어 잘 때가 되면 침대에 나란히 누워서 대화를 나누곤 하는, 시 속에 등장하는 부부는 '고립으로부터의 독특한 거리에서' 점점 대화를 잃는다. '진실한 동시에 다정한 말을' 그리고 '진실하지 않은 것도 아니고 다정하지 않은 것도 아닌 말'도.

신형철 평론가는 시의 마지막 두 행에 주목했다.

진실한 말과 진실하지 않은 것도 아닌 말은 동일하지 않다는 것.

다정한 말과 다정하지 않은 것도 아닌 말은 동일하지 않다는 것.

이 세상에는 이런 이중부정으로밖에 표현할 수 없는 어떤 감정, 어떤 상태가 있다는 말을 하며 그는 계속 말을 이었다.

“예컨대 누군가 당신에게 묻습니다. ‘당신은 여전히 당신의 배우자를 사랑하는가.’ 당신은 정직함과 정확함이라는 미덕을 포기하지 않으려면 이런 이중부정의 형식으로밖에는 답할 수가 없다고 느낄 수 있습니다. 그래서 이렇게 대답합니다. ‘사랑하지 않는 것은 아니죠.’ 이 이중부정을 긍정으로 이해해도 되느냐고 재차 물어보면 당신은 ‘뭐, 그런 셈이죠’라고 대꾸하고 말겠습니다만, 그러나 그렇게 대답하는 순간 어떤 거짓이 발생했다는 것을 부정할 수 없어서 마음이 스산해질지도 모릅니다.”

나는 침대에 누운 채로 그의 목소리를 들으며 어쩌면 ‘~인 것 같다’는 말도 정직함과 정확함이라는 미덕을 포기하지 않으려는 태도 속에 있는 것은 아닐까 하는 생각이 들었다.

왜냐하면 우리는 우리를 너무 빈번하게 모르기 때문이다. 우리는 너무 빈번하게 애매하기 때문이다. 배가 고파 죽겠으면서 자신이 먹고 싶은 게 무엇인지 알지 못하고, 시간이 비는 주말에 뭐 하고 놀지를 고민하다가 결국 아무것도 못 한 채로 보내기도 한다. 그동안 고대하던 기쁜 소식을 들었는데도 이상하게 마냥 기쁘지만은 않은 묘한 기분을 느끼며, 당장 내가 어제 뭘 하며 하루를 보냈는지조차 정확히 기억해내지 못할 뿐 아니라, 분명 끔찍하게 맛이 없는 것은 아니지만 그렇다고 놀랄 만큼 맛있는 것도 아닌 음식을 먹으면서 끼니를 때우곤 한다.

그럴 때 우리는 말한다. 뭔가 먹고 싶은 것 같아. 놀고 싶은 것 같아. 어제는 아무도 안 만난 것 같아. 기쁜 것 같아. 맛있는 것 같아…….

좋으면 좋고 아니면 아닌 것 사이에서 우리는 더 많이 살아가고 있다. 그 애매모호한 지점을 우리는 그저 정확하게 표현하고 있었던 것은 아닐까?

이런 애매모호함의 영역을 맡고 있는 모든 표현이 새삼 소중하게 여겨진다. 뭔가, 왠지, 좀, 막, 그냥…….

그것은 인간 소통의 연골 같은 역할을 해주는 것만 같다. 뼈처럼 확실하고 분명한 말들이 중요한 세상이지만 그런 말들은 연골과 함께 비로소 굴곡하며 다른 뼈들과 같이 움직이는 일이 가능해진다. 멀리까지 달려나갈 수도 있고 말이다.

게다가 이 말들은 가끔 범상치 않은 힘을 보여주기도 한다.

이를테면 이런 말. "나 사실은 너 좀 좋아해."

이때 좀은 좀이 아니다.

당신의 이름과
그 이름의 글자

스몰 토크하기에 가장 좋은 주제는 뭐니 뭐니 해도 날씨겠지만 나의 경우는 이름일 때가 훨씬 많다. 그것은 내가 대체로 사인을 하면서 새로운 사람을 만나 버릇하기 때문일 것이다. 며칠 전에 만난 분의 이름은 '최시내'였다. 나는 책 표지를 펼치고 시내 님에게, 라고 면지에 적어 내려가면서 이름이 예쁘다고 말했다. 그리고 뒤이어 "당연히 한글 이름이겠지요?" 하고 물었다. 그랬더니 그가 아뇨, 한자 이름이에요 하고 대답했다. 때 시時, 향내 내旬. 한자를 알려주는 눈빛이 장난스럽게 빛났다. 나는 사인하던 것을 잠깐 멈추었다.

"사실 저희 부모님이 제가 태어나고 나서 온 일가친척을 상대로 제 '이름 공모전'을 내셨거든요. 그 공모전에 출품된 이름이 딱 하나였는데 그게 '시내'라는 이름이었어요.

작은아버지가 지으셨고요."

작은아버지께서는 왜 그 한자를 쓰셨을지가 궁금했다. 시내 씨에게서 이런 대답이 돌아왔다.

"작은아버지가 엄청난 강수지 팬이셨거든요. 그래서 강수지의 〈시간의 향기〉라는 노래 제목을 한자화해본 거래요."

나는 웃느라고 사인을 마무리 지을 수가 없었다. 겨우 숨을 고르며 정말이지 이 이야기 속에 웃긴 점이 한둘이 아니라고 말했다. 시내 씨도 동의했다.

"자칭 문학청년이었다면서 그렇게 대대적인 이름 공모전을 열어놓고 정작 태평하게 이름 하나 안 짓고 두 손 놓고 있었던 저희 부모님부터 너무 웃겨요."

"그토록 대대적이었는데 이름이 겨우 하나 제출되었다는 점도요."

우리는 너 한 번, 나 한 번 하는 식으로 하나씩 웃긴 점을 대며 깔깔거리기 시작했다. 어쩐지 가깝지도, 멀지도 않은 '작은아버지'라고 하는 애매한 친인척 관계로부터 자신의 이름이 만들어진 것도, 뜬금없이 자기 음악 팬심을 반영해 조카의 이름을 지은 작은아버지라는 분도, 뭔가 총체적으로 사랑스러운 콩트 같은 이야기였다.

그러고 보니 내 이름도 다소 애매한 친인척 관계라고 할 수 있는 큰아빠가 지어주신 것이었다.

빼어날 수秀에 보배 진珍. 빼어나고 보배 같은 사람이 되라는 좋은 마음으로 지어주신 것이었을 텐데 정작 어린 시절 나는 수진이라는 이름을 무척 싫어했다. 신씨라는 내 성과 나란히 두고 보면 ㅅㅅㅈ이라는 자음으로 시작되는 전반적인 이름의 모양새가 어쩐지 너무 뾰족뾰족하다고 해야 할지…… 날카로워 보인달지…… 그런가 하면 발음하기도 은근히 불편했다. 이름을 아무리 또박또박 말해줘도 누군가 받아 적은 내 이름은 '심수진'일 때가 태반이었다.

최시내라는 이름의 기원에 대해 전해 듣고 둘이서 함께 박장대소한 것만으로도 우리는 놀랍도록 서로를 친밀히 느끼게 되었다. 우리는 조금 더 우리의 이름을 가지고 투덜거리며 놀았다. 내 이름에 시옷이 두 개나 들어가는 게 싫었다는 둥, 어릴 땐 '읍내 말고 시내' 같은 유치한 놀림을 견디며 자랐다는 둥…….

어린 시절 자신의 이름 때문에 놀림을 당하지 않은 사람은 단언컨대 한 사람도 없을 것이다.

그런 점에서 세상에 완벽하게 안전한 이름은 없다. 아무리 단순하고 무미건조한 이름이라도 놀림감이 되는 것은 조금도 어렵지 않다. 단순하고 무미건조한 이름의 적당한 예가 될 수 있는 내 이름 '신수진'을 들어 말해보자면 나는 초등학교 시절 '신김치, 신라면, 진라면'으로 불리며 놀림을 당했다. 이 단어들에게서 놀림의 당위를 찾는 것은 거의 불가능하다. 당위를 찾는 행위 자체가 무의미한 짓이다.

사인을 해주다가 종종 손이 저절로 멈칫할 때가 있다.

어릴 때 놀림 많이 당했겠구나 절로 짐작이 되는 이름을 마주할 때가 그렇다. 이 이름에 대해 무슨 말을 할까 말까 짧지만 치열한 고민을 한다. 이름에 대한 언급 자체가 그들에게는 지긋지긋한 일일 수도 있겠다는 생각이 들어서다. 그러나 그만큼 이름을 가지고 새로운 사람과 스몰 토크를 해 버릇해온 내 관성의 힘도 만만치 않다.

"이름이……"

까지 말하면서 그들의 눈을 들여다보면, "이상하죠? 옛날엔 놀림 많이 당했어요" 하고 먼저 고백해오는 사람들도 있고, 짱이죠? 하고 말하는 듯 자부심이 가득한 미소를 띠며 나를 마주 바라봐주는 사람들도 있다. 어느 쪽이든 내가 결과적으로 꼭 놓치지 않고 말하는 건 '아름답다'는 말이다. 대체로 아름다운 이름일수록 어릴 땐 더 고약한 놀림을 받는다. 모든 게 순하고 선량할 것만 같은 어린 시절은 아름다울수록 더 놀림을 당하기도 하는, 설명이 안 되는 잔인함이 흐르던 세상이기도 했다. 그렇게 생각하면 독특하고 눈에 띄는 이름을 가진 사람들은 어쩐지 내면이 한결 더 다부질 것도 같다. 자기 이름 때문에 영문도 모르고 놀림을 당해야 했던 어린 시절부터 그들은 아직 영글지도 않은, 순두부 같은 자기 마음을 어떻게든 스스로 보호하지 않으면 안 되었을 테니까 말이다.

'기생'의 다른 표현이기도 한 '기녀'라는 이름을 가진 어머니의 마음의 경도는 어느 정도일지 가끔 상상해본다. 이름 때문에 놀림 많이 당했냐고 조심스레 물었을 때 어릴 때는 다 그런 거라며 대수롭지 않게 넘기던 늠름한 모습이나 사람들이 자기 이름을 한 번 들으면 절대 잊어버리지 않아서 좋다고 말하던 호탕한 모습을 보면 왠지 그 단단함의 정도가 강철에게도 밀리지 않을 것 같다.

그런가 하면 강철보다도 단단해질 수 있는 마음과는 달리 이름은 마음보다는 약간 물렁한 물성을 지닌 것 같다는 생각도 한다. 이름은 그 이름이 닿아 있는 주체에 맞추어 각각 다른 빛과 다른 모양을 낸다. 나에게는 장난을 치기 좋아하는 개구쟁이인 데다가 '야무지다'라는 표현을 즐겨 쓰는 정화라는 친구가 있다. 뮤지션 엄정화 씨와 이름이 같지만 나는 아무리 노력해도 그 정화와 이 정화가 영

같은 이름으로 느껴지지 않는다. 해리 포터가 사는 동네에서 볼드모트는 너무나도 무서워 발음조차 못 하는 이름이지만 어디 저 스코틀랜드 깊숙한 시골에 사는 순박하고 인자하기 그지없는 볼드모트 씨의 이름 앞에서도 사람들이 벌벌 떨 리는 없을 것이다. 우리의 생각과 행동에 따라, 결심과 선택에 따라, 눈물과 웃음에 따라 우리의 이름은 우리답게 변한다. 그렇게 원래 가진 모양과는 다른 새로운 것으로 이름은 우리 각각의 선두에 서는 것이다. '기녀'라는 글자와 어머니의 이름 '기녀'는 같지 않다. 내 이름 '수진'과 '수진'이라는 글자도, 그리고 물론 당신의 이름과 그 이름의 글자도 그럴 것이다.

시시하고 외롭지 않게

『요즘 사는 맛』이라는 책에 공저로 참여했다. 배달의 민족에서 발행하는 뉴스레터에 실린 음식에 대한 에세이를 모아 만든 책이다. 나는 그 책에서 컵라면에 대해, 커피에 대해, 그리고 고기를 지양하는 삶과 타인의 집에 초대되어 함께 먹는 일 등 이런저런 음식과 식문화에 대해 썼지만 그럼에도 내게는 '떡볶이 덕후'라는 벗겨내기 어려운 프레임이 있다. 『아무튼, 떡볶이』를 썼기 때문일 것이다. 나는 『요즘 사는 맛』의 프로모션을 위해 유튜브로 송출될 어떤 영상을 촬영하면서도 그 프레임을 실감했다. 다른 공저자 두 분과 함께 책에 쓴 에피소드에 대해 오손도손 이야기를 나누는 자리였는데 한 분이 갑자기 나를 바라보며 로제떡볶이에 대한 말씀을 하셨던 것이다. 당연히 떡볶이에 대해서라면 넌 모르는 게 없을 거잖아, 라는 얼굴로 말이다. 나는 로제떡볶이를 아직 먹어보지 못했다고 대답했다. 물론 대답을 하면서 부끄러웠다. 그러나 뒤이어서는 계속해서 이상한 쾌감이 슬그머니 차올랐다. 혹시 나에게…… 오만함이 생긴 것은 아닐까 하는 생각이 들었던 것이다.

『아무튼, 떡볶이』에서 나는 소위 덕후들이 가진 오만함이 너무 부럽다는 말을 썼다. 내가 인정하는 것만 쳐주고 그 외에는 안 쳐주는, 그러니까 밀떡파는 쌀떡을 쳐주지 않고 쌀떡파는 밀떡을 쳐주지 않는 그 오만함이 나는 근사해 보인다고. 나에게는 그런 오만함이 없어서 밀떡도, 쌀떡도, 심지어 맛이 없는 떡볶이도 맛있게 잘 먹는 지경이라고 썼다. 그런데 나는 왜 로제떡볶이를 여태 먹지 않았을까? 아마도 내키지 않았기 때문에? 왜 내키지 않았을까? 그건 아마도 진주처럼 깊이 숨어 있었던 내 오만함 때문에??

아무튼 이참에 로제떡볶이를 한번 먹어보기로 했다.

내 책방에서 진행하는 워크숍이 있던 날, 강사님과 직원과 함께 책방의 큰 테이블에 둘러앉아 배달 어플로 주문을 했다. 나를 포함해 다들 로제떡볶이를 먹어본 경험이 없어서 우리 모두는 무슨 맛일지 이런저런 짐작을 해가며 두근두근 기다렸다. 특히 내 두근거림의 일부는 일전에 슬쩍 느낀 오만함의 기미 때문이었다. 이번 기회에 분명하게 그 오만함을 표현해볼 수 있을지도 몰랐다. 아, 이거 뭐야아, 떡볶이에 이게 무슨 장난질이야아. 이게 무슨 떡볶이라고 난 이 음식 못 쳐줘. 더 이상 못먹겠다, 난…… 탁! (젓가락 내려놓는 소리)

드디어 음식이 배달되고, 대망의 첫 한 입…….

맛있었다. 맛있을 뿐이었다. 다들 열심히도 먹었다. '로제떡볶이를 3인분 시키셨어요? 짜장떡볶이나 일반 떡볶이랑 섞어서 시켰어도 좋았을 텐데……'라며 은연중에 나의 주문 스타일에 불만을 표시했던 직원은 물론이고 강사 선생님까지 다 먹고 소스만 남은 빈 용기에 미련이 가득 담긴 헛젓가락질을 했다.

나 역시 군말 없이, 열심히, 떡볶이를 집어 먹으면서 그러면 그렇지 내 주제에 오만은 무슨……이라고 속으로 중얼거렸다.

내가 먹은 최초의 떡볶이는 '물에 씻어낸 떡볶이'로 기억한다. 어머니가 어른들과 먹으려고 사 온 떡볶이를 드시면서 몇 개를 물에 양념을 씻어내고 아주 어렸던 나에게 따로 건네주셨다. 물에 씻은 떡볶이를 먹으며 나는 '떡볶이 꿈나무'로 자랐다. 그러고 보니 어머니 말고 한 사람 더 거론하고 싶은 인물이 있다. 그는 내가 살던 동네에서 포장마

차를 열고 떡볶이를 팔던 아주머니였다. 나는 그곳에서 수시로 떡볶이를 먹었다. 수시로 먹을 수 있었던 까닭은 내가 얼마를 가져가든 아주머니는 떡볶이를 주셨기 때문이었다. 500원을 가져가면 500원어치를 주셨고, 100원을 가져가면 100원어치를 주셨다. 그래서 떡볶이는 열 개일 때도 다섯 개일 때도 있었고 심지어 단 두 개일 때도 있었다. 나는 집 안에서 굴러다니는 동전을 보거나 식탁 위에 잔돈이 놓여 있는 것을 볼 때마다 그걸 몰래 챙겨서는 늘 포장마차로 달려갔다. 집에서 나와 골목 끝까지 달려나간 다음에 오른쪽으로 꺾으면 바로 그 포장마차가 있었다. 오렌지빛 천막.

이 최초의 경험은 아직도 무척 소중하게 기억하고 있다. 그러나 그 기억이 아무리 아름답다고 해도 그것이 결코 이겨낼 수 없는 더 중요한 다른 것이 있다. 그건 내가 하나하나 기억해낼 수 없는 숱한 떡볶이들이다. 너무 사소하고 일상적이어서 『아무튼, 떡볶이』에 쓸 글감조차 되지 못한 순간들, 사실은 그게 더 중요하다는 걸 안다.

떡볶이 없이 사는 삶에 대해 상상해본 적이 있다. 이에 대해서는 뮤지션 친구 K가 밝힌 음악에 대한 자신의 마음으로 대신 설명하고 싶다. 그는 나와 밥을 먹으며 이런 말을 한 적이 있었다.

"음악을 전공하고 공부하면서 과연 내가 음악을 안 하면서 살 수 있을까 하는 생각을 해본 적이 있어요. 그러다 정말 어떤 이유로 음악을 그만두고 한동안 산 적이 있었거든요. 그런데 그때 정말 너무너무 행복하게 잘 살았던 거예요! 그래서 다시 음악을 시작하면서 저는 조금도 두려움이 없었어요. 그만둬도 잘만 살았던 경험을 한번 해봤으니까요. 그래서 언제든지 그만둘 수 있다는 마음으로 음악을 지금까지 해왔던 건데요. 그런데 지금은…….

지금은 음악을 그만두면 안 될 것 같아요. 실제로 한동안 작업을 쉬기만 해도 기분이 이상해요. 뭐 불안하고 죄책감 느끼고 그런 게 아니라…… 외로움을 느껴요. 외로워요. 옛날엔 안 그랬는데 지금은 왜 이렇게 변했나 생각해보면 그건 함께했던 시간들 때문인 것 같아요. 그 시간들을 거치면서 이제는 음악을 한다는 것이 내 일상의 완벽한 일부가 되어버린 거죠."

나는 떡볶이 없이 살 수 있을까? 살 수는 있을 것이다. 그러나 나 역시 정말 외로울 것 같다. '나 먹고 싶은 것이 있어. 밀가루로 가늘고 길게 만든 쫄깃쫄깃한 떡을 자작한 물에 넣고 고추장을 풀고, 고춧가루도 넣고, 파도 넣고, 양배추, 마늘도 넣어서 팔팔 끓인 음식이 먹고 싶어……. 아니면 기름에 들들 볶다가 간장을 조금 넣고 참기름과 깨를 넣어서 만들 수도 있고, 가끔은 마라 소스를 넣을 수도, 혹은 로제 소스 식으로 만들 수도 있어. 실은 어떻게 만들어도 다 맛있어. 나는 그게 먹고 싶어…….' 내가 이렇게 아무리 설명해도 아무도 이해하지 못하는 세상에서 산다고 생각하면 나는 그 외로움을 과연 견뎌낼 수 있을까. 길을 걷다가도 종종 주저앉아 훌쩍이지 않을까.

언젠가 누군가 재미로 이런 질문을 던진 적이 있었다.

'평생을 떡볶이만 먹어야 한다 vs 평생 떡볶이를 제외한 모든 음식을 먹을 수 있다'.

나는 고민 없이 떡볶이만 먹으며 평생을 사는 삶을 택했다. 아침은 가볍게 떡꼬치, 점심엔 크림떡볶이, 저녁엔 떡볶이에 맥주 한잔……. 그다음 아침엔 해장하듯 국물떡볶이, 점심엔 간장떡볶이, 저녁엔 오랜만에 친구들을 만나 거하게 즉석 전골떡볶이에 맥주 한잔…….

나는 떡볶이와 하루하루를 살아왔다. 그날들은 너무 시시해서 나조차도 다음 날이면 잊어버리는 나날들이었다. 그러나 나는 앞으로도 매일 그렇게 살 수 있다. 시시하고 외롭지 않게.

2

실패하는 방식으로 반짝이며

단어들은
너를 위한 거란다

"프랑스의 예술을 접할 때마다, 말로 표현할 수 없는 프랑스만의 매력을 느낄 때가 있어요. 그래서 프랑스 아티스트들에게 그게 도대체 뭐냐고 물어보면 그들은 다 'quelque chose'라고 대답할 뿐이에요.

카를라 브루니, 당신은 심지어 〈Quelque chose〉라는 타이틀의 앨범을 냈지요. 그러고 보면 당신은 프랑스 특유의, 소위 quelque chose의 상징이기도 한 것 같다는 생각이 듭니다. 카를라, quelque chose라는 것은 대체 무엇을 의미하나요?"

프랑스의 목소리라 불리기도 하는 뮤지션(이자, 전 프랑스 영부인이기도 한) 카를라 브루니와 작가 조승연 씨의 인터뷰를 유튜브로 우연히 보았다. 꼭 물어보고 싶었다는 말로 시작하는 조승연 씨의 마지막 질문 속에 등장한 quelque chose는 'something', '무언가' 정도로 해석되는 단어이다. 그러나 quelque chose는 '무언가'라는 뜻 이상의 더 많은 함의가 있는 말임에 틀림없다. 프랑스에서 몇 년간 유학하고 충분히 유창한 프랑스어를 구사하는 조승연 씨가 그 질문을 한 데에는 아무리 노력해도 quelque chose의 본질적인 정수에 가닿지 못하는 외국인이라는 자신의 한계가 답답해서였을 거라고 나는 조심스럽게 짐작한다.

포르투갈어 중에서도 quelque chose처럼 영 잡히지 않는 단어가 있다. 나는 그것을 보사노바를 듣다가 알았다. 보사노바를 무척 좋아한다. 아마도 내가 기타를 무척 잘 치는 음악가였다면 지금쯤 보사노바 가수로 활동하고 있었을지도 모른다. 포르투갈어를 조금도 모르는데도 하도 보사노바를 물 마시듯 들었더니 그 음악 속에 등장하는 몇 가지 단골 단어들이 자연스레 귀에 붙게 되었다. 그중 하나는 'saudade'였다. 발음을 한국어로 옮기면 '사우다지'. 어느 날 포르투갈어에 유창한 사람을 우연히 만난 자리에서 saudade의 뜻을 가볍게 물어본 적이 있다. 보사노바를 듣다 보면 유독 이 단어가 많이 들리던데 이게 무슨 뜻이냐고. 그때 그 사람도 예의 답답하고 난처한 외국인의 표정으로 사실은 자신도 그 단어의 뜻을 여전히 알아가고 있는 중이라고 대답했다.

"기본적으로 '그리움'이라는 뜻을 품고 있기는 한데 그 뉘앙스가 참 복잡해요. 슬프지만 동시에 행복하고, 돌아가고 싶을 만큼 그립지만 그렇다고 그때로 정말 돌아가고 싶은 건 또 아니고……. 영원히 감을 못 잡을 수도 있을 것 같아요, 제가 그 나라 사람이 아니니까."

'quelque chose'나 'saudade'를 생각하면 '한'이라는 말이 자연스럽게 떠오른다. 한국인만 이해할 수 있는 정서라고 소개하는 단어 말이다. '거시기'라는 말도 빼놓을 수 없겠다. 아마도 모든 나라의 언어에는 그런 단어들이 존재할 것이다. 언어로 설명할 수 없는 영역에 존재하는 언어. 그래서 모국어의 감각으로, 머리보다 몸에 가까운 것으로 이해할 수 있는 단어. 그러나 그런 단어는 소수에 불과하다. 우리는 생활하면서 접하는 대부분의 모르는 단어들을 대체로 사전의 도움을 통해 충분히 납득하고 끄덕이면서 무난히 살아갈 수 있다.

초등학생 때 묵직한 국어사전을 받아 들고 맨 처음 어떤 단어를 찾아보았는지는 기억나지 않는다. 그러나 확신할 수 있는 건 무척 바보 같은 단어를 찾아보았을 것이라는 사실이다. 어쩌면 어른들에게 도저히 물어볼 수 없는 부끄럽고 야한 단어였을지도 모른다. 나는 실제로 그런 음란한 단어들의 뜻을 사전을 통해 얼추 이해할 때가 많았다. 그런가 하면 충분히 알고 있다고 생각하는 단어들을 새삼스럽게 다시 찾아보는 일도 잦았다. '마음', '사랑' 같은 말들.

그렇게 사전을 펼칠 때마다 한 단어의 뜻이 다른 단어들로 설명이 되어 있다는 게 좀 아득하다는 생각이 들곤 했다. 단어를 알기 위해서 또 다른 단어가 필요하고 그 단어를 모르는 경우에는 다시 다른 단어를 동원해야 한다는 게 어쩐지 영원히 끝나지 않는 쳇바퀴를 도는 기분이 들었기 때문이다. 가끔은 바로 제자리에서 뱅글뱅글 도는 기분에 빠지기도 했다. '좋아하다' 같은 경우가 그랬다. 사전 속에서 '좋아하다'는 '어떤 일이나 사물 따위에 대하여 좋은 느낌을 가지다'로 풀이되어 있다. '좋아한다'는 것을 '좋은 느낌'이라는 동어로 정의하다니. '누굴 좋아한다는데 이유가, 그런 이유가 어디 있겠어. 그저 어느 누가 맘에 들면 그냥 맘에 드는 거지♦'라는 가수 김현철의 노랫말은 정말 사전적 정의에 충실한 것이었다. 단어를 다른 단어로 문장을 만들어 꼼꼼히 정의한다는 것은 정말이지 여간 골치 아픈 일이 아닌 것 같다. 잠자리 날개 같은 얇디얇은 종이에 깨알 같은 글씨로 이 많은 단어들을 대체 어느 세월에 정리한 것일까. 사전은 애초에 어떤 과정을 거쳐 만들어진 것일까. 나는 그 과정을 한 책을 읽으며 어렴풋이 상상해볼 수 있었다.

『잃어버린 단어들의 사전』이라는 책이었다. 옥스퍼드 사전의 제작 과정 속에서 벌어지는 실제 역사에 기반한 소설이다. 책은 이제 막 사전의 B파트를 진행하고 있던 1887년으로부터 시작한다. '스크립토리엄'이라고 부르는 옥스퍼드대학에 딸린 한 작은 창고를 개조한 사무실 안에서 제임스 머리 박사 이하 여러 편집자들은 전국에서 자원봉사자들이 보내오는 쪽지를 받는다. 그 쪽지에는 단어, 그리고 그 단어로 만든 예문이 적혀 있다. 스크립토리엄에서는 그 단어들을 분류하고 예문을 수정하며 사전에 실릴 만한 것인지를 평가한다. 그런 과정을 거쳐 어떤 단어들은 사전에 실리고, 어떤 단어들은 실리지 못한다. 끝도 없이 넘치는 쪽지들과 분류함, 그리고 단어를 단어로 완성하고자 하는 사람들이 내뿜는 허름한 사무실 안의 열기를 상상하면 나까지 조금 답답해지는 듯하다.

◆ 김현철, 〈연애〉 중에서.

이 책의 주인공인 에즈미 니콜은 편집자인 아빠를 따라 매일 스크립토리엄으로 출근한다. 아빠와 단어를 무척 좋아하는 어린이라서이기도 하지만 일찍 엄마를 여읜 탓도 있다. 아빠가 일하는 동안 편집 작업 책상 밑에서 시간 보내기를 좋아하는 에즈미는 어느 날, 책상 아래로 떨어진 쪽지 하나를 줍는다. 거기엔 'bondmaid(여자 노예)'라는 단어가 적혀 있다. 에즈미는 이 단어가 무슨 의미인지도 모른 채 쪽지를 몰래 챙긴다. 그리고 리지라는 자신의 '여자 노예'와 이 비밀을 공유한다. 둘은 리지의 낡은 여행용 가방에 스크립토리엄에서 버려지는 단어들을 하나둘 모은다. 시간이 흐르고 에즈미와 리지는 점점 더 가족과도 같은 각별한 사이가 되지만 그럴수록 두 사람 모두에게 '여자 노예'라는 단어는 자꾸만 불편하고 거슬리는 존재가 된다.

처음 에즈미가 글자를 모르는 리지에게 조심스럽게 그 뜻을 알려주었을 때, 그는 별생각 없이 "그건 저네요" 하고 대답한다. 그러나 점점 시간이 흐르면서 리지는 자신의 처지를 정의하는 '여자 노예'라는 단어가 뜻하는 깊고도 무서운 한계를 자연스레 알게 된다. "난 노예가 아니에요. 하지만 머릿속으로는 나 자신이 여자 노예라는 생각이 드는 걸 어쩔 수 없어요"라고 말하며 혼란스러워하기도 하고, 여성 참정권 운동에 동참하려는 에즈미를 향해 '그건 돈

있는 숙녀들을 위한 운동이며 그들이 선거권을 갖게 돼도 자신은 언제까지나 변함없이 여자 노예일 것'이라는 일침을 놓기도 한다. 그러나 나중에 제임스 머리 박사가 사망한 후 비워지는 스크립토리엄의 구석에서 다시 bondmaid라는 단어 쪽지를 발견하게 되었을 때, 이 말이 불편하지 않냐는 에즈미의 질문에 리지는 이렇게 대답한다.

"단어는 누가 사용하느냐에 따라 의미가 달라질 수 있다고 아가씨가 항상 말했잖아요. 그러니 '여자 노예'는 저 쪽지들에 적혀 있는 걸 넘어서는 무언가를 의미할 수 있을 거예요. 나는 아가씨가 어릴 때부터 아가씨와 '연결돼 있는 여자bondmaid'였어요, 에시메이. 그리고 난 그 매일매일이 기뻤어요."

사전에서 누락된 '여자 노예'라는 단어는 오랜 우정과 신뢰의 시간을 거쳐 리지의 입을 통해 더 위대한 정의를 획득한다.

다시 맨 처음 조승연 씨의 질문으로 돌아가본다. quelque chose가 정확히 무엇을 의미하냐는 그의 질문에 카를라 브루니는 다음과 같이 대답한다.

"오, 제가 정확히 설명해드릴 수 있어요. 그건 바로, '말로는 절대 표현할 수 없는 무언가'예요. 그래서 우리가 그 단어를 그렇게 쓰는 거예요. 그냥 그 주위를 뱅뱅 도는 거죠. 내가 좋아하는 게 뭐냐 하면요, 어떤 상황 또는 감정을 묘사하기 힘들 때예요. 왜냐하면 그것들이 가장 중요한 감정들이거든요. 인생에서 가장 중요한 것들은 설명할 수 없어요. 우리는 기쁨도, 사랑도, 욕망도 묘사할 수 없죠. 물론 느끼지만! 설명할 수 없다는 거죠. 진정으로 느끼지만 너무 강하게 느껴서 적절한 단어가 없을 때, 그리고 단어를 찾아봐도 나타나지 않을 때, 거기선 그냥 어떤 '감촉' 같은 것만 느껴져요. 그런 면에서 quelque chose는 우리의 욕망이에요. 사랑하는 어떤 사람에 대한 욕구일 수도 있고요. 평온함, 탐험, 소통 등에 대한 욕구일 수도 있지요. 욕구 없이는 삶도 없어요."

옥스퍼드 사전은 완성되기까지 70여 년의 시간이 걸렸다고 한다. 한 사람의 평생과 맞먹는 시간이다. 전국의 수많은 자원봉사자들과 전문가들의 노고를 촘촘하게 거쳐 그토록 정확에 가까운 단어들의 세상이 건축되었지만 어떤 단어는 에즈미와 리지라는 단 두 사람의 세상 속에서 더 생생한 생명을 얻는다. 그런가 하면 어떤 단어는 카를라 브루니가 말한 대로 그저 주위를 뱅글뱅글 돌게 하면서 영원히 실패하는 방식으로 반짝이며 실재한다.

『잃어버린 단어들의 사전』을 읽자마자 소비를 감행했다. 묵직한 검정색 국어사전이다.

한 손으로 얼마나 무거운지 무게를 가늠해보고 있는데, 불현듯 책에서 읽었던 에즈미의 아빠 목소리가 다시금 들리는 듯하다.

"단어들은 너를 위한 거란다."

잡초 같은 감정

얼마 전 내가 운영하는 제주도 성산읍 책방의 뒤뜰에 작은 텃밭을 만들었다. 한 평 남짓 작은 크기다. 거기에 내가 좋아하는 청양고추나 쌈 채소를 키워서 여름내 야금야금 떼어 먹을 생각이었다. 그렇게 터만 만들어놓고는 한동안 깜박 잊고 있다가 며칠 전 다시 들여다보니 그사이 이름 모를 풀과 들꽃 들이 그 작은 텃밭을 빼곡하게 덮고 있었다. 와, 이쁘다! 내가 감탄하자 바로 동네 삼춘(남자 어른과 여자 어른을 지칭하는 제주어)의 타박이 들려왔다. 저거 다 잡초 아니냐! 이쁘긴 뭐가 이뻐, 얼른 싹 뽑아내라! 자그마한 꽃까지 피워낸 고운 풀이었건만, 밭에 저런 잡초가 무성하도록 두는 것은 창피한 일이라면서 삼춘은 손수 풀들을 거침없이 정리하기 시작했다.

다음 날 아침부터 장에 나가 청양고추와 방울토마토 모

종을 사 왔다. 삼춘은 자기 밭도 아닌데 또 도와주러 나섰다. 삽으로 밭을 다시 한번 갈고 넓적한 포크같이 생긴 물건으로 고랑을 만들었다. 그러고는 간격을 두고 정갈하게 모종을 하나하나 심었다. 흙이 건강해서 곳곳에 지렁이가 눈에 띄었다. 뭐라도 돕고 싶은데 할 일이 없던 나는 삼춘의 발에 지렁이가 밟힐까 봐 자그마한 쟁기로 지렁이를 안전한 곳으로 옮겨주는 일을 했다. 모종만 심는다고 끝이 아니었다. 기다란 장대를 모종 옆에 꽂아서 여린 모종들이 바람에 쓰러지지 않도록 하나하나 고정하는 일이 남았다. 송골송골 맺힌 땀방울을 닦으며 삼춘이 당부하기를, 얼마 전 보았던 잡초들이 금세 다시 자랄 테니 틈틈이 보이는 대로 뽑아내라고 했다. 내가 머뭇거리자 그거 놔두면 고추 제대로 안 자란다! 하고 다시 한번 힘주어 당부했다. "이 고추는 내년에 또 열려요?" 내가 묻자 삼춘은 올해만 먹고 뽑아버린다고 대답했다. 잡초는 눈에 띄는 대로 뽑고, 고추들은 올겨울에 뽑는다는 이 밭의 질서가 세워졌다. 생명의 질서에 따라붙는 슬픈 기운을 어렴풋이 느꼈지만 이것도 어쩐지 잡초 같은 감정 같아 얼른 싹 뽑아냈다.

말 한마디로
천 냥 빚을 에휴

제주에서 서울로 올라오는 길, 기상 악화로 두 시간 동안 공항에서 대기해야 했다. 순식간에 인파가 넘쳤고 거리두기를 시행하며 앉아야 하는 의자는 사람들을 다 수용하지 못했다. 나 역시 한참을 서 있다가 근처의 누군가가 일어나서 겨우 자리를 차지할 수 있었다. 큰 스트레스를 받지는 않았다. 오히려 진드근하게 책을 읽을 좋은 찬스라고 생각했다. 나는 다리를 번갈아 꼬아가며 좀처럼 진도가 나가지 않던 책 한 권을 끝까지 읽는 쾌거를 이루었다.

당연히 나처럼 특별히 스트레스를 받지 않는 사람보다 스트레스를 받는 사람이 훨씬 많았다. 앞자리에 앉은 부부의 대화는 언성이 높진 않았지만 짜증났다는 시그널을 연신 서로에게 보내고 있었다. 내 옆에 앉은 사람은 아예 신발을 벗은 채 맨발로 답답함을 호소했다. 드디어 비행기에 탈 수 있게 되었는데, 줄을 서기 위해 움직이는 그 몇 발자국 사이에도 성질 급한 사람들이 어찌나 새치기를 하던지 자꾸 내 차례가 뒤로 밀려났다. 역시 스트레스를 받지는 않았다. 그저 나의 여유로운 상황에 안도할 뿐이었다.

나 역시 저렇게 급한 입장이 되어본 적이 있었다. 북토크를 하러 인천의 한 책방으로 가야 하는 상황 속에서 비행기가 이번처럼 길게 지연돼 나는 어떻게든 더 빠른 비행기 편을 찾아보려고 모든 항공사의 창구를 뛰어다니며 새치기를 했었다. 결국 북토크에는 한 시간을 늦고 말았다……. 그때를 다시 떠올리며 비행기에 탑승해 자리에 앉았더니 기장의 낮은 목소리가 들려왔다. 너무 긴 시간 기다리게 했다고, 불편을 끼쳐드려 죄송하다고, 그러더니 그는 "사랑합니다, 고객님" 하고 말했다. 그 항공사의 공식 엔딩 멘트였지만 그는 미안함 때문이었는지 정말 고백하는 사람처럼 말했다. 그의 갑작스러운 고백에 모두가 빵 터졌다. 모두가 온몸에 둘둘 감고 있던 긴장과 짜증을 동시에 벗어던진 듯 공기의 질감이 순식간에 훅 하고 움직였다. 말 한마디의 위력은 경험할 때마다 기가 찰 만큼 놀랍다. 고작 이 한마디 하기가 그렇게나 어려운 순간이 많다는 사실이 허탈하기도 하고.

싫어하는 마음에 희망을

덥고 화창한 날이었다.

서울의 한 공원에서 오랜만에 만난 친구와 벤치에 앉아 이야기를 나누었다. 마침 근처 장터에서 산 빵을 함께 조금씩 뜯어 먹었다. 뭔가를 먹고 있으니 새들이 슬금슬금 다가왔다. 비둘기도 있었고, 참새도 있었다.

공원에 있던 사람들은 대부분 비둘기를 싫어하는 것 같았다.

비둘기들이 근처에만 다가와도 소리를 지르고, 그 소리에 놀란 비둘기가 날아가면 푸드덕 소리에 더 소리를 질렀다. 나는 그 모습들을 한동안 바라보았다. 그 공포는 종종 재미를 유발하는 것처럼 보이기도 했다. 다 같이 소리를 지르고 다 같이 웃는 모습을 여러 번 볼 수 있었다.

나 역시 고등학생 때 비둘기들이 다가오면 질색을 하고

난리 법석을 떨곤 했다. 매점 주변에 하도 많이 먹어서 잘 날지도 못할 만큼 뚱뚱하고 더러운 비둘기들이 노상 뒤뚱거리곤 했기 때문이었다.

하지만 가만 생각해보면 그때 내가 비둘기를 싫어했던 진짜 이유는 그냥 '모두가 싫어하기 때문'이었던 것 같다. 그냥 아무 생각 없이 주변 친구들을 따라 싫어함을 학습했던 것이다.

늘 그런 건 아니지만 익숙하게 싫어하던 대상에 낯설게 임해보면 싫어하는 마음이 슬그머니 묘연해질 때가 있다. 옛날에 한 친구가 내게 이런 질문을 던진 적이 있다.

"그런데 우리가 바퀴벌레를 이렇게까지 끔찍하게 생각해야 할 필요가 있을까? 생각해보면 바퀴벌레는 우리를 공격하지 않잖아. 그냥 숨어 있거나 도망갈 뿐이잖아, 늘."

당시 나에게 이 말은 꽤 충격적이었다. 내키는 대로, 혹은 주변 분위기에 편승해 편하게 싫어할 줄만 알았지 싫어할 필요가 있는지 스스로 질문을 해본다는 건 상상해보지 못했던 일이었기 때문이다. 여전히 바퀴벌레가 무섭고 싫기는 하지만, 그래도 이제는 바퀴벌레를 발견하면 기특하게도 이런 생각을 한다. '바퀴벌레의 입장에서도 내가 무섭고 끔찍하겠지.'

이렇게까지 비둘기들을 끔찍하게 생각해야 할 필요가

있을까, 라는 스스로의 질문에 나는 끔찍하게 생각해야 할 필요가 없다고 대답했다. 그리고 아마도 그때부터 더러운 비둘기가 내 근처를 푸닥거리며 날아가도 그러거나 말거나 멀뚱하게 앉아 있는 사람이 되었다. 저 애들이 더러워진 것은 우리가 길을 더럽게 썼기 때문이겠지, 라고 생각하면서.

다시 태어나는 기분

서울과 제주를 오가는 나의 삶을 걱정하는 사람들이 많다. 제주 가파도의 작가 레지던시에서 한동안 지내고 있는 P도 나를 좀 존경하게 되었다고 말했다. 서울에서 일하고 제주로 건너오기를 몇 번 하고 나서 바로 편도선염이 와서 며칠 쓰러져 있었다는 것이다. 대체 이걸 어떻게 해내고 있는 거냐고 놀라운 듯 묻는 P의 질문에 나 역시 새삼스러운 질문을 나 스스로에게 던져보았다. 그러게, 왜 여태 피곤함 없이 제주와 서울을 왔다 갔다 하며 잘도 살아오고 있는지. 특별히 체력 혹은 정신력이 강인한 사람도 아닌데 말이다.

세상에는 납득할 만한 이유 없이 남들은 안 되는 게 되는 사람들이 많다. 매운 음식을 아무리 좋아해도 매운맛에 취약한 사람이 있는가 하면 아무리 매운 음식을 먹어도 매운 줄 모르는 사람이 있듯이 말이다. 어쩌면 나에게도 긴 여정에 고단함을 느끼지 못하는 신비한 스태미나가 숨어 있을지도 모를 일이다.

사실 서울과 제주를 오가며 조금도 피곤하지 않다면 거짓말이다. 간혹 짐이 너무 많거나 왕래가 지나치게 잦거나 할 때는 힘이 달리곤 한다. 그러나 그것을 상쇄할 만한 어떤 기운을 나는 공항에서 매번 느끼고 있다. 그것은, 굳이 표현하자면 '다시 태어나는 기분'이다. 나는 얼마 전까지도 비행기가 이륙하기 직전까지 휴대전화를 만지작거리며 저장되어 있는 유언장을 수정하곤 했다. 이 비행이 내 생의 마지막이 될지도 모른다는 생각이 들어서였다. 아무리 안전하게 설계된 운송수단이라고 해도 지면에 닿지 않는 채로 움직인다는 것이 내 상식으로는 언제나 위험천만하게 여겨졌고, 그런 가운데 비행기가 안전하게 지면에 착륙하는 데 성공하면 나는 늘 '살았다!' 하고 생각했다. 이번에도 죽지 않았다, 살아남았다, 라고.

죽을 뻔했던 사람이 그렇듯 나는 도착한 공항에서 언제나 은은한 희열에 차 있다. 밀려 있는 일도, 추레한 몰골도 그저 감사하다. 피곤함도 달고 맛있기만 하다.

완벽한 타인

초대를 받아 연극을 보았다.

〈완벽한 타인〉이라는 연극이었다. 2018년에는 동명의 영화로도 만들어졌고 원작은 2016년에 개봉한 이탈리아 영화 〈퍼펙트 스트레인저〉이다. 어느 곳에서 어느 언어로 만들어져도 동시대의 공감을 살 수 있겠다 생각했는데 검색해보니 아니나 다를까 전 세계에서 열여덟 차례나 리메이크되어 가장 많이 리메이크된 이야기로 기네스북까지 올랐다고 한다.

저녁 식사를 하는 오랜 친구들의 커플 모임. 누군가 고약한 게임을 제안한다. '각자의 스마트폰을 테이블 위에 올려두고, 잠금을 해제하고, 통화와 문자, 메신저, 이메일 등 모든 수신 내역을 공유해보자'는 것이다. 그리고 그렇게 시작된 장난은 모두를 파국으로 몰고 간다. 자신의 손아귀 안에서는 끝없이 전능하고 유용한 디바이스인 스마트폰이 여럿이 공유하는 순간 언제 터질지 모르는 시한폭탄 같은 물건이 되고 만다.

애인의 스마트폰을 몰래 잠깐 보는 것만으로도 관계는 순식간에 곤두박질쳐질 위기에 놓일진대, 심지어 여럿이서 식사 내내 스마트폰 속의 내용을 공유해보자니 그런 어리석은 장난을 대체 왜 하고 있는 것인지, 그러면서도 관음이라는 본능에 기초한 장난이란 어쩌면 이렇게도 유혹적인 것인지. 나는 착잡한 표정으로 아수라장이 된 무대를 바라보았다.

돌아오는 버스 안에서 공연히 스마트폰을 열었다. 페이스 아이디로 잠금을 해제하고 여러 사람과 주고받으며 내뱉은 나의 말들을 살펴보았다. 연극을 본 사람들이 나처럼 다들 자기 휴대전화를 들여다보며 뭐 책잡힐 만한 거 없나 하고 뒤적거리면서 집으로 돌아가겠구나 생각하니 너무 웃겼다. 휴대전화 안에는 조용한 나, 시끄러운 나, 착한 나, 못된 나, 정중한 나, 거칠고 상스러운 내가 골고루 들어 있었다. 나는 작은 한숨을 쉬며 해제한 잠금을 얼른 도로 설정했다.

그래서 이 연극의 교훈은 뭘까. 지나친 호기심은 독이다? 착하게 살자? 아무도 믿지 마라? 내 생각에 이 연극의 교훈은 다음과 같다.

커플 모임은 하는 게 아니다.

여름 달리기와 건강

여름 달리기는 고되다. '여름'이라고 콕 집어 말할 것이 있나 싶게 달리기는 기본적으로 잔잔한 방식으로 사람을 잡는 운동이기는 하다. 강력한 힘을 짧고 굵게 발휘하고 맘 편히 방전할 수 있는 운동이 아니라 몸이 지닌 에너지를 조금씩 공기 중에 흘려보내면서 몸을 천천히 녹초로 만들어버린다.

그러나 여름엔 그 일이 유난히 고되다. 여름 태양 아래에서는 느릿느릿 걷는 일도, 아니 그저 가만히 서 있는 일도 쉽지 않거늘 거기서 두 발을 굴려가며 달리는 일은 도무지 고통스럽지 않을 방도가 없는 것이다.

나는 올해 여름 달리기에 슬기롭게 임하기 위해 작년 여름의 달리기를 자주 떠올린다. 1년 전의 교훈을 잊지 않으려고 노력한다. 그것이 뭐냐 하면, 미련해지지 않는 것이다. 몸의 말에 귀 기울이지 않은 채 의지만 있으면 불가능은 없다고 믿는 것은 미련한 짓이다. 나는 작년 여름엔 제법 미련한 달리기를 했다.

미련한 행동은 삶의 성취감을 격상시킨다. 자기를 다그치며 몰아붙이는 데에서 오는 카타르시스도 유혹적이고 말이다. '미라클 모닝'처럼 이름과 형식을 조금 바꾼 채로 자주 유행이 되기도 하는 미련한 행동에 나는 삼계절 휘둘린다. 그러나 여름만큼은 그래서는 안 된다고 다짐한다.

여름 달리기를 하면서는 마음의 말에 귀를 닫는다. 그리고 오로지 몸의 말에만 귀를 기울인다. 몸이 더 달리기 어렵겠다는 신호를 보내오면 나는 달리는 것을 바로 중단한다. 마음은 더 할 수 있다고, 조금만 더 달려보라고 말하지만 나는 그 말을 묵살한다.

"우리는 보통 마음이 몸에게 말하잖아요. 몸이 마음을 따라야 하고요. 그런데 달릴 때는 마음이 몸의 말을 들어야 하는 것 같아요. 반대죠."

언젠가 인터뷰 중 촬영을 도와주시던, 나처럼 달리기를 좋아한다는 사진작가님께서 툭 던지듯 하신 말이다.

"그렇게 몸과 마음이 다 말하고 듣는 상호 소통을 통해서 결과적으로 우리가 건강해지는 것 같아요. 계속 마음의 말만 듣게 되면 우리는 피폐해질 거예요. 몸의 말을 마음이 제대로 듣게 되면 그다음부터는 몸에게 함부로 하지 못하죠. 달리지 않는 상황에서도요."

나는 이 말을 내 여름의 보양구句로 삼고 있다.

차근차근 디자인

일본 드라마 〈중쇄를 찍자!〉를 보다 보면 "1년에 한 번 돌아오는 '대청소'의 날"이라는 대사가 나온다. 드라마 배경인 출판사의 직원들이 1년에 하루 날 잡고 건물 구석구석 쓸고 닦는 날인가보다 생각했지만 거기서 말하는 '대청소'란 더 이상 판매가 이루어지지 않는 책들을 일괄 정리하는 것을 뜻했다.

나도 얼마 전 대청소 비슷한 것을 했다. 해오던 일들 중 몇 가지를 강제 중지하면서 사적인 시간을 만들어낸 것이다. 그러면서 생각도 많이 했다. 생각을 많이 하다 보면 자연스럽게 멍도 자주 때리게 되고 팔자도 좋아 보인다. 누군가를 만나 상대방이 "뭐 하다 왔어요?" 하고 물으면 누워서 생각하다 왔다고 대답했다. 그러면 "아이고, 팔자 좋네" 하고 다들 웃었다. 생각을 많이 하다 보니 불가피하게 성찰도 많이 하게 되었다. 너무 해서 이제 성찰이 지겨워질 지경이었다. 생각을 많이 하는 것을 나는 그다지 좋아하지 않는다. 생각을 많이 하다 보면 내가 다른 차원의 세상으로 가버려서 이 세상에서 해야 할 일들을 놓치기 십상이기 때문이다. 가령 밥때를 놓친다거나, 운동을 안 한다거나, 잘 안 씻는다거나, 책도 잘 안 읽게 되고…….

그러던 중 한 친구의 글을 우연히 보았다. 그가 사는 시골의 한 묵정밭을 갑자기 일구기 시작하는 농부에 대한 관찰기였다. 친구는 넓고 휑한 밭 한가운데에 딱 카펫 정도의 크기만을 일구는 모습에 흥미를 느끼기 시작했는데, 그 중에서도 가장 좋았던 것은 그 농부가 밭을 '디자인'하는 모습이었단다. 디자인에는 여러 가지 정의가 있겠으나 농부가 보여준 디자인의 용례가 제일이라면서 그것은 '가만 보자……' 하면서 시작하는 것이라고 그는 적었다. 이 생각 저 생각 하고 이 궁리 저 궁리 하면서 차근차근 이루어지는 것. 그 글을 읽으면서 '디자인'이라는 글자를 슬그머니 훔쳐 왔다. '차근차근'이라는 말도 함께 훔쳐 왔다. 나의 요즘을 설명하는 제목으로 사용하기 위해서다.

그것은 나의 영광

거듭해서 감사하다고 말해도 부족한 일 중에 하나는 타인의 책에 추천사를 쓰는 일이다. 나는 책을 읽으며 그것이 훌륭한 책인지 아닌지에 대한 개인적인 판단을 매우 즉각적이고 냉정하게 내려버리는 편이지만 그 본능을 잠시만 접어두고 내가 읽는 이 한 권의 책이 어떻게 만들어졌을까를 곰곰 생각하면 바로 여러 가지 귀한 보석 같은 것들만이 떠오른다. 이를테면 시간. 길고 지난한 낮과 밤의 시간, 그리고 그것을 채우는 저자의 고민과 성찰, 기쁨과 슬픔, 확신과 불안, 그 무지개 같은 마음들, 그리고 그것을 최선의 모습으로 받아 책이라는 물성으로 담아내는 편집자와 디자이너의 헌신.

추천사 부탁을 받을 때마다 나는 책이라는 귀한 물성에 내 글과 이름이 올라간다는 생각에 영광스럽다는 기분부터 든다. 모든 부탁에 응하는 것은 아니지만 여전히 지금까지도 드는 최초의 생각은 영광스러움이다.

당연한 말이지만 내가 쓴 추천사 중에도 가장 부끄러운 추천사가 존재한다. 쓸 때는 몰랐는데 나중에 책으로 받아 들고는 너무 창피해서 얼굴이 새빨개졌었다. 내 얘기만 늘어놓았기 때문이다. 명색이 추천사라면 책이 주인공이어야 하거늘, 왜 책을 읽은 내 이야기를 주저리주저리 늘어놓았던 건지. 여태 쓴 추천사 중 가장 길었던, 그리고 가장 부끄러웠던 글.

2년이 지난 얼마 전, 그 책의 출판사 대표에게서 연락이 왔다. 그 책의 원래 소개 글을 나의 추천사의 일부로 바꾸고 싶다는 내용이었다. 나는 잠깐 동안 너무 여러 가지 감정에 휩싸였다. 대체 왜? 그저 그 생각을 철회해주었으면 좋겠다는 바람만이 솟구쳤다.

그러나 그 부탁을 수락하지 않을 수 없었다. 결국 나는 영광스럽다고 느꼈기 때문이다.

역시 책이라는 물성에 내가 각인되는 일은 영광이다. 아무리 부끄러운 글이더라도, 누가 비웃더라도, 읽어주지 않아도, 바로 잊히게 되더라도.

앤디 코프먼 되기

미국의 유명한 코미디언인 앤디 코프먼의 일생을 다룬 〈Man on the Moon〉이라는 영화가 있다. 나는 이 영화를 통해 '앤디 코프먼'이라는 인물을 처음 알았다. 보고 나서 어떻게 하면 사는 내내 이 인물을 잊지 않으며 살 수 있을지를 조금 두려워하며 고민했을 만큼 이 영화는 나에게 아주 크고 깊은 인상을 남겼다.

그는 일반적인 코미디언과는 조금 다른 사람이었다. 그에게는 스스로를 우스꽝스럽게 만들거나 기발한 말솜씨로 관객에게 '웃음'을 선사하는 코미디언의 기본적인 역할에 만족하지 못하는 이상한 열정이 있었다. 그는 '진짜로' 대중을 속이고 혼란을 주고 싶어 했다. 사람들이 웃지 않아도, 심지어 불쾌해해도 개의치 않았다.

소심한 외국인 캐릭터를 연기하며 인지도를 얻은 뒤 본

격적으로 그의 종잡을 수 없는 행보가 시작되었다. 그는 호리호리한 자신과 극단적으로 다른 배불뚝이의 또 다른 자아, '토니 클리프턴'이라는 캐릭터를 분장으로 창조했고, 그 모습으로 기행을 일삼았다. 또한 돌연 프로 레슬러가 되기도 했으며, 방송에서 출연자와 갑자기 주먹다짐을 하며 다투어 그 모습을 지켜본 시청자들에게 실시간으로 충격을 던져주기도 했다. 후에 이 일을 진지하게 해명해야 하는 순간까지도 사전에 모의된 것이었다고 했다가 또 아니라고 했다 하면서 끝까지 대중에게 자신을 맞추길 거부했다. 앤디 코프먼은 나중에 폐암으로 사망하게 되는데, 평생을 자신의 실제에 허구를 뒤섞은 퍼포먼스를 일삼았던 나머지 본인의 병마저도 쇼가 아닌가 하고 대중에게서 의심과 의혹을 샀다.

〈Man on the Moon〉에서 앤디 코프먼의 역을 맡은 배우는 짐 캐리였다. 앤디 코프먼을 가슴 깊이 존경했던 짐 캐리는 어찌나 혼신의 힘을 다해 역할에 몰입했던지 이 영화를 촬영하면서 카메라 밖에서도 자신이 진짜 앤디 코프먼인 것처럼 굴었다. 함께 출연하는 동료 배우와 스태프, 감독이 진짜 앤디 코프먼처럼 통제 불가능해진 짐 캐리와 일하며 얼마나 마음 고생을 했는지가 역시 다큐멘터리로 제작되어 있다. 2017년에 만들어진 〈짐과 앤디 Jim & Andy: The

Great Beyond〉다.

〈Man on the Moon〉을 보고 나서 내가 소소하게 고집을 부리며 따라 해보는 일이 있다.

무명 시절을 거쳐 어눌하고 소심한 외국인 캐릭터로 인기를 얻은 코프먼이 아마도 처음 선보인 단독 라이브 쇼 장면이었다. 그곳에 모인 수많은 인파 앞에서 그는 사람들이 보고 싶어 하는 예의 캐릭터를 연기하는 것이 아니라 뜬금없이 『위대한 개츠비』를 낭독하기 시작한다. 그 생뚱맞음에 처음에 웃었던 사람들은 코프먼이 낭독을 멈출 기미를 보이지 않자 웅성거리기 시작했고, 나중에는 소리를 지르며 자리를 박차고 나가버린다. 그 책을 처음부터 끝까지 다 읽는 데는 아마 몇 시간이 소요되어야 했을 것이다. 영화 속에서 코프먼이 마지막까지 낭독을 마쳤을 때 객석에는 단 한 명만이 남아 있었다. 나는 웬일인지 그 장면에 전율했다. 그리고 영화를 본 이후 나 역시 '지나치게 긴' 낭독에 과감하게 임하기 시작했다. 공연이나 독립출판 마켓 같은 곳에서 나는 사람들이 '좀 길지 않나……?'라고 생각할 수밖에 없는 분량의 낭독을 하곤 했다. 내가 그렇게 예상을 넘어서는 시간을 들여 낭독을 이어나갈 때마다 공기는 마치 고무줄이 끊어지기 직전처럼 팽팽해졌다. 사람들은 모두 가만히 앉아 있었지만 보이지 않게 분열하고 있다는 걸 매번 느낄 수 있었다. 경청하는 일부의 사람, 너무 길게 낭독하는 거 아닌가 하고 난처해하는 사람, 지금 나만 불편한가 눈치를 보는 사람, 대놓고 휴대전화를 힐끔거리는 사람, 은근히 내가 미워지기 시작한 사람……. 나는 그 한가운데에서 낭독을 꾸역꾸역 이어가며 진땀을 흘리고 스트레스를 받았지만, 그러면서도 기회만 되면 그 고역의 시간을 다시 반복하려고 들었다. 이 이상한 충동에 대해 생각하다 보면 자연스럽게 예로부터 기어이 사람들을 불편하게 했던 여러 예술가들이 떠오른다. 고객의 요구대로 맞추는 것이 아니라 자신의 독창성과 상상력으로 주문받은 그림을 그려 늘 분쟁이 잦았던 화가 엘 그레코, 무서워서 끝까지 듣기 힘든 〈미궁〉이라는 곡을 연주한 황병기, 생식기에 붓을 꽂고 그림을 그리는 '버자이너 페인팅' 퍼포먼스를 선보인 구보타 시게코, 또 밴드 삐삐롱스타킹과 럭스…….

예술에 임하는 데는 정답을 논할 수 없는 여러 태도가 있을 것이다. 누군가는 자기 자신을 학대하고 일탈함으로써 예술가로서의 창의성과 유일성을 획득할 수도 있을 것이고, 누군가는 절제와 성실함을 발동하여 자신의 예술을 완성하려 할 것이다. 그러나 그 어느 쪽을 선택하건 예술가

쪽에서 진심으로 바라는 건 자기 자신 안에 자리 잡고 들어앉아 있는 것이 아니라 오히려 자기 자신을 놓치고 잃어버리는 것이 아닐까 하고 생각한다. 그렇게 자기를 놓아버리고 훨훨 멀리 떠날 때 결국 자기 자신을 더 진하게 획득하게 될 거라는 것을 본능적으로 아는 사람들일 테니까 말이다. 나는 그저 흉내만 내고 있을 뿐이지만.

한창 '클럽하우스'라는 어플이 각광받던 때, 국내에서도 비슷한 어플이 론칭된 적이 있었다(지금 그 어플은 아쉽게도 서비스를 종료했다). 오픈 당시 홍보와 활성화를 위해 여러 예술가와 전문가, 인플루언서 등등에게 그 공간에서 무엇이든 활동해주기를 바라는 제안들이 있었고, 나는 제안을 받은 사람 중 한 명이었다. 나는 오랜 고민 없이 그때에도 낭독을 해야겠다고 생각했다.

특별한 홍보 없이 예정된 시간이 되었을 때 방을 만들고 들어갔다. 틀어놓은 오프닝 곡이 끝나갈 때까지 한 사람도 들어오지 않았다. 노래가 마침내 끝났고, 나는 잠시 동안 망설였다. 아무도 없는 방에서 혼자 이야기를 이어나갈 것인지, 아니면 누군가 입장할 때까지 기다릴 것인지.

조용한 적막이 몇 초간 흐르고 나는 입을 열었다.

"안녕하세요. 저는……

저는 어쩌다 한국에서 여성의 몸으로 잠시 살게 된 앤디 코프먼이라고 합니다. 처음 뵙게 되어 반갑습니다. 저는 누구 골탕 먹일 사람 없나 두리번거리면서 여기저기를 이런 저런 몸으로 여행 중인데요. 오늘은 모처럼 여기서 느긋하게 책을 읽다가 가려고 합니다. 읽어드릴 책은……"

+ 후일담을 말하자면 30분이 넘도록 한 사람도 들어오지 않는 방에서 나는 혼자 낭독을 했다. 읽은 책은 김인환 작가의 『타인의 자유』였다.

우리 둘이서

〈드라이브 마이 카〉를 보고

차가 있었던 적이 있었다. 하얀색 마티즈. 백기녀가 뽑아줬다. 내 쪽에서 바란 것은 아니었다. 어느 날, 매니저의 오토바이 뒤에 타고 홍대에서 당시 살던 도봉동까지 오다가 집 앞에서 백기녀에게 발각된 후, 며칠도 안 되어 차가 생겼다. 헬멧도 없이 위험천만하게 홍대를 오갈 거라면 차라리 차로 오가는 것이 죽을 확률이 덜하겠지, 라고 백기녀는 생각한 것 같다. 신수현(동생)이 죽은 지 얼마 되지 않았던 시절이라 그런 식의 사고가 자연스러웠던 때였다. 백기녀가 얼마나 급하게 차를 뽑아왔던지 차에는 옵션이 하나도 없는 채였다. 뒷좌석 창문을 열려면 수동으로 돌려야 했고, 카오디오는 카세트테이프만 플레이할 수 있었다. 그래도 몇 년간 그 차와 각별하게 보냈다. 이민석이라는 이름도 지어주고 정처 없이 여행도 가고 그러다 밤이 되면 그 안에서 잠도 자고 밥도 먹고 노래 연습도 하고 울기도 하고 다른 사람을 옆에 앉혀 손도 잡고 그보다 더한 것도 했다.

지금은 차 없이 지낸다. 조금 있으면 차 없이 지낸 지 10년이 된다. 운전이 그리울 때가 있다. 여러 번. 영화 〈드라이브 마이 카〉를 보면서도 그랬다.

이 영화에서 가장 좋았던 장면이 뭐냐고 묻는다면 나는 오프닝 시퀀스라고 대답하고 싶다. 주인공 가후쿠가 아내 오토를 떠나보내고 2년 뒤, 차를 몰고 달리는 모습을 길고 여유롭게 보여주던 장면들.

운전을 하다 보면 점점 회색을 사랑하게 된다. 아스팔트의 회색은 전천후 파트너다. 노란색이나 흰색의 도로선과도, 주변에 자라나 있는 녹색의 나무와 잡초 들과도, 공사현장을 지날 때마다 볼 수 있는 종종종 세워진 붉은 고깔과도, 한 편에 미처 녹지 못한 눈과 햇빛이 만드는 그림자와도, 아스팔트는 그 모두와 조화롭다. 운전할 때마다 하던 생각을 영화가 오랜만에 상기시켜주었다.

이 영화는 죽은 아내에 대한 상처를 지니고 있는 가후쿠가 비슷한 아픔을 지닌 전속 운전기사 미사키를 만나 조금씩 마음을 열고 서로의 슬픔을 공유하며 극복해나가는 이야기다. 그러나 나는 막상 영화를 보고 나니 '상처의 치유'

보다도 대화란 무엇인가라는 질문이 남았다.

영화 속에는 아주 다양한 종류의 대화가 등장하기 때문이다.

배우이자 연출가인 가후쿠와 드라마 작가인 아내 오토의 대화는 주로 두 가지의 패턴으로 이루어진다. 하나는 섹스다. 네 살이었던 딸을 잃은 큰 아픔이 있는 두 사람은 섹스를 통해 무너진 관계를 회복한다. 그 과정에서 둘 사이의 독특한 대화법이 형성된다. 오토는 자신도 기억하지 못할 이야기들을 섹스가 주는 황홀경 속에서 읊조리고 가후쿠는 그것을 기억했다가 다음 날 다시 알려준다. 오토는 가후쿠가 알려주는 이야기를 기록했다가 드라마 대본으로 활용한다.

가후쿠는 평소 운전하며 늘 테이프를 틀어놓는다. 가후쿠가 외워야 하는 극의 전체 대본을 오토의 목소리로 녹음한 테이프이다. 가후쿠는 그 테이프를 반복해 들으며 자신의 대사를 아내와 맞춘다. 가후쿠는 아내가 작업하는 드라마 속 배우들과 외도를 벌이는 것을 진작부터 알고 있고 어쩌면 오토도 가후쿠가 알고 있다는 사실을 알고 있을지도 모르는데 그럼에도 두 사람은 아무 일 없다는 듯이 대본처럼 평범하고 일상적인 대화만을 주고받는다. 가후쿠와 오토의 대화는 늘 예상을 벗어나지 않는다. 겉보기에는 평화롭고 안정적이지만 두 사람은 자기들이 서로 얼마나 겉돌고 있는지 결코 모르지 않았을 것이다.

오토가 죽고 2년 뒤, 가후쿠는 홋카이도 지역의 연극제에 〈바냐 아저씨〉의 연출가로 참여한다. 출연하는 배우들은 서로 다른 언어를 사용한다. 일본어, 한국어, 영어, 만다린어, 타갈로그어, 인도네시아어, 독일어, 말레이시아어, 광둥어 그리고 한국 수어. 그들은 대본 리딩을 하며 조금도 알아듣지 못하는 상대방 언어를 열심히 보고 듣는다. 뜻을 모르더라도 소리 나는 발음에 대해서는 잘 알아야 한다. 그래야 자기 대사를 정확한 타이밍에 할 수 있기 때문이다. 상대방의 말을 이해하지 못하면서도 겉으로 보기에 대화처럼 보이는 연습을 반복하던 어느 날, 상이한 언어를 쓰는 두 배우가 서로를 깊이 이해하(는 것처럼 보이)는 상황이 만들어진다. 가후쿠는 이것을 보며 '뭔가가 일어났다'라고 설명한다. 영화를 보는 관객들도 대화가 꼭 말이 통해야 가능한 것이 아니라는 사실을 직감으로 알아차린다.

배우 중에는 한국 수어를 사용하는 이유나가 있다. 어느

 © 이종수 | 『만지고 싶은 기분』

만지고 싶은 기분

요조 산문

서로 기꺼워하는 '만짐'이란 참 다정한 행위입니다. 다가가고 싶은 마음, 상대의 다가옴을 반기는 마음이 들어 있으니까요. 사람 간의 만짐뿐 아니라, 동물과의 교감도 마찬가지인데요. 요조 작가의 『만지고 싶은 기분』에는 친구들과의 터치, 무심한 듯 무릎에 턱 올려놓는 개의 앞발, 골골거리는 고양이를 쓰다듬는 행위 등 다양한 만짐이 등장합니다. 요조 작가는 몇 년 동안 '거리 두기'와 '비대면'의 시절을 보내며 우리가 잊고 있었던 것이 무엇인가 생각하게 합니다. 서두르지 않고 조금씩 상대에게 닿으려는 노력, 곁을 긴밀히 허락하는 마음…… 우리를 감동하게 하는 것은 약간의 수줍음이 담긴 친밀함인지도 모르겠습니다.

아직 완전히 마음을 놓기엔 이르지만, 조금씩 더 가까워지려는 행사나 시도가 많아지는 것 같습니다. 타인과 손을 잡고 온기를 나누는 것이 그리워질 때, 『만지고 싶은 기분』을 읽으며 따뜻함을 느껴보시는 건 어떨까요.

마음산책 드림

날 가후쿠는 공연을 돕는 스태프인 한국인 공윤수의 집에 저녁 초대를 받게 되는데, 거기에서 이유나가 공윤수의 아내라는 사실을 알게 된다. 공윤수와 이유나는 한국어와 한국 수어로 대화를 나눈다. 이유나에게는 들을 수 있으나 말할 수는 없는 장애가 있다. 이유나에게 첫눈에 반했다는 공윤수는 그길로 수어를 배우기 시작했다. 공윤수는 언어 감각이 탁월하고 머리가 좋은 사람인 것 같다. 일본어에도, 한국 수어에도 능숙하다.

이유나는 그렇지 않다. 저녁 식사를 하면서 공윤수와 가후쿠가 일본어로 대화를 나눌 때 이유나는 '내 얘기 하는 거 맞지?'라고 한국 수어로 묻는다. 그 장면을 보며 나는 둘 사이의 대화에 어느 한쪽만 과도한 노력을 기울이는 느낌을 받았다. 이유나가 어서 일본어와 일본 수어를 공부하면 좋겠다. 일본에 살면서 일본어를 모르고 수어마저 한국 수어를 사용하는 이유나는 그곳에서 철저하게 약자에 속하고 그만큼 공윤수에게 더 많이 의지할 수밖에 없다. 그 불균형의 소통 방식이 언제 본인에게 치명적인 약점이 될지 알 수 없다. 인간은 갑자기 죽어버리기도 하니까 말이다. 오토처럼.

가후쿠는 홋카이도에서 전속 운전기사를 어쩔 수 없이

고용한다. 그 운전기사는 여성이고 이름은 미사키다. 가후쿠와 미사키의 대화는 동등하고 군더더기가 없다. 운전하는 미사키의 무덤덤한 옆모습을 보면서 저렇게 일할 수 있다면 좋겠다고 생각했다. 미사키는 가후쿠에게 일부러 웃어 보이지 않는다. 용모 단정해 보이기 위한 화장을 하지 않는다. 과장된 높고 친절한 톤으로 '안녕히 주무셨어요?' '오늘 날씨 너무 좋네요!' '오늘 정말 멋져 보이세요' 같은 말을 하지 않는다. 그저 묵묵하고 성실하게 운전만을 한다. 가후쿠가 미사키에게 바라는 것 역시 자신의 소중한 차를 잘 운전해주는 것뿐이다. 좀 더 꾸미고 와주었으면, 좀 더 친절하게 굴었으면 같은 생각은 애초에 할 줄 모르는 사람 같다. 둘 사이에는 불필요한 대화가 없다. 꼭 필요한 말만을 조심스럽고 신중하게 주고받는다. 그래서 대화 사이에 흐르는 긴 침묵 역시 조심스럽고 신중하게 만들어진 것 같다는 느낌을 준다. 두 사람은 침묵으로 대화하며 가까워진다.

영화 속에서 이런저런 우여곡절을 겪으며 가후쿠는 결국 연출을 맡았던 〈바냐 아저씨〉에 주인공인 바냐로 출연하게 된다. 연극의 끝부분이 영화에 등장한다. 바냐로 분한 가후쿠가 책상에 앉아 괴로워하고 있다. 조카 소냐 역을 맡은 이유나가 뒤에서 바냐를 다정히 감싼 채 그의 눈 앞에 두 손을 펼쳐 아주 꼼꼼하게 (수어로) 말한다. 우리는 살아야 한다고. 길고도 긴 낮과 밤을 끝까지 살아가자고. 그리고 나중에 우리가 죽고 나서 저세상으로 가게 되면 말하자고. 우리의 삶이 얼마나 괴로웠는지. 우리가 얼마나 울었고 슬퍼했는지.

바냐로 분장한 가후쿠는 바냐가 아니라 가후쿠 자신이 되어 이야기를 듣는 것 같은 표정을 짓는다. 관객석에서는 미사키가 그 모습을 지켜보고 있다. 그때 나는 내가 가장 좋아하는 대화를 떠올린다.

예술과의 대화.

내가 무너졌을 때 일으켜준 책과, 내가 울고 싶을 때 울 수 있게 도와준 음악을 생각한다.

예술과 대화할 때, 예술과 나, 우리 둘은 차 안에 있다. 나는 아스팔트에 감탄하면서 운전을 하고, 우리는 꼭 필요한 침묵 속에 있다.

우주 대스타는
우주에 관심이 없다

칠곡에 다녀왔다. '치우친 취향'이라는 칠곡 유일의 동네 책방에서 『아무튼, 떡볶이』 북토크를 했다. 발간된 지 제법 지나 이제 사람들에게서 잊혔을 거라 생각했던 책의 북토크 제안이 반갑기도 했고 칠곡이라는 작은 마을에서 불러준 것이 감사하기도 해서 칠곡까지 가는 발걸음이 내내 가벼웠다. 도착한 책방 앞에서 나는 배를 잡고 웃었다. 통유리에 '축 방문! 우주 대스타 요조'라고 적힌 종이가 붙어 있었다. 우주 대스타는 그곳에서 여덟 분의 독자분들과 오붓하고 행복한 시간을 보냈다.

집으로 돌아오는 밤 기차 안은 우주를 생각하기에 좋은 공간이었다. 차창으로 어떻게 시선을 두느냐에 따라 때꾼한 내 얼굴을 볼 수 있기도, 지폐 계수기 속 지폐처럼 깜깜한 어둠 속으로 차라라라 미끄러지는 나무와 산의 실루엣을 볼 수 있기도 했다. 나는 그 두 모습을 번갈아 바라보며 '우주 대스타', 대스타 앞에 붙은 '우주'라는 말의 천연덕스러움에 대해 생각했다. 무언가가 현실성을 초월할 때 되레 시시하고 만만해지는 일에 대해서. 마치 단골 슈퍼에서 물건을 살 때 천 원짜리를 천만 원이라고 말하는 주인아저씨의 농담처럼, 우주라는 말도 실감 나지 않아서 늘 사소하고, 가질 수 없으니 늘 장난이 되는 말 같았다. 그래서 나 같은 중간 저자에게도 얼마든지 우주 대스타라는 찬사가 전혀 어색하지 않을 수 있는 것일 테다.

칠곡에 다녀오고 얼마 뒤, 순수 우리 기술로 개발한 한국형 발사체 누리호가 우주를 향해 발사되었다는 기사를 보았다. 기다란 로켓이 불꽃과 연기를 지면에 내뿜으며 솟구치는 광경을 뒤늦게 영상으로 찾아보았다. 250명의 연구개발 인력, 총 300여 개 업체, 1조 9572억 원의 투입 예산이 만들어낸 성과였다고 한다. 말하자면 '우주'라는 말이 조금도 시시하지 않은 사람들, 그 말을 조금도 장난으로 생각하지 않는 단체들, 사실은 조금도 장난이 아닌 돈으로 이루어낸 일인 것이다.

나는 고작 칠곡에 다녀오는 일에 대해서도 그간 진지하게 상상해본 적이 없었는데 어떤 사람들은 우주만큼 멀다는 것이 대체 얼마만큼을 말하는 것인지 알아보려고 실제로 행동으로 옮긴다. 이렇게 다른 각자의 초점에 대해 느끼게 될 때마다 나는 카메라 렌즈가 자연스럽게 떠오른다.

명상을 하는 기분으로 사진 찍는 것을 좋아해 이런저런 렌즈로 사진을 찍어보면서 나에게는 40밀리 렌즈가 가장 잘 맞는다는 것을 알게 되었다. 기본 렌즈라고 할 수 있는 35밀리부터 28밀리도, 50밀리도 찍어보았는데 유난히 40밀리 렌즈를 사용했을 때 가장 편안했고 사진의 결과물도 좋았다. 살아가는 데 굉장히 유용한 정보라고는 할 수 없지만 그래도 나는 내가 '40밀리적 인간'이라는 것을 알아서 좋았다. 대충 그 정도의 화각에 주로 '초점'이 맞는 사람이라는 것을 아는 기쁨이 있었다. 사람마다 초점이 맞는 거리는 다 다를 것이다. 누군가는 28밀리가, 누군가는 50밀리가 잘 맞을 것이고, 28밀리도 부족해서 더 가까이 다가가야 하는 사람, 혹은 더 멀리, 너무너무 멀리, 기어이 우주가 보여야 할 만큼 멀리 볼 수 있는 망원렌즈가 필요한 사람도 있을 것이다. 그런 사람들이 모여 있는 곳 중 하나인 나사NASA에서는 망원경을 아예 우주 궤도에 올려버렸다. 그렇게 지구 상공 559킬로미터에서 96분마다 한 번씩 궤도를 돌고 있는 허블 우주 망원경은 대기권의 간섭 없는 선명한 우주의 사진을 우리에게 제공해주고 있다. 나 역시 허블 우주 망원경이 촬영한 어떤 사진을 보고 '우주'라는 단어에 갖고 있었던 일종의 건들건들함을 바로 거두었던 적이 있다.

허블 울트라 딥 필드Hubble Ultra Deep Field.

아무것도 보이지 않는 깜깜한 밤하늘을 한번 오랫동안 촬영해보자는 엉뚱한 생각으로 시작한 이 프로젝트는 아주 긴 노출 시간을 들여 천구의 가장 어두운 곳을 관측함으로써 인류가 볼 수 있는 가장 먼 우주를 보려 한 시도였다. 지구에서 보았을 때 보름달보다도 작은 영역을 4개월의 시간 동안 총 100만 초를 노출시켜 촬영한 정사각형 프레임 안은, 마치 보석함의 내부처럼 각양각색의 보석 같은 별과 은하 들이 무질서하게 어질러져 있다. 여기에 찍힌 가장 오래된 우주의 빛은 130억 년에 가까운 시간에 걸쳐 지구에 도달했다고 한다. 아마 지금은 수백억 광년까지 더 멀어져 있을 것이다. 최첨단의 현실적인 도구로 130억 년 전의 과거를 포착했다는 비현실적인 상황 앞에서 나는 우주가 얼마나 큰지, 그런데 그 큰 공간은 또 얼마나 빽빽한지, 그 안에서 나는 얼마나 작고 보이지 않는지 실감하는 척했다. 여전히 알 수 없지만, 알 수 없다는 그 사실만큼은 호되게 알 것 같은 느낌으로 이상하고, 무섭고, 그러면서도 아름답고 슬픈, 꼭 허블 울트라 딥 필드마냥 무언가가 마구 어질러진 모양의 마음이 되었다.

점점 우주까지 닿는 초점에 관심을 갖는 사람들이 많아지는 것을 느낀다. 제프 베이조스나 일론 머스크의 행보를 취재하는 뉴스들은 곧 개인 우주 여행의 시대가 멀지 않았다고 이야기한다.

한편 그럴수록 인류를 향한 초점을 더 단단히 하는 사람도 있다. 철학자이자 칼럼니스트인 팀 딘은 「우주적 외로움에 대하여」◆라는 칼럼에서 "이 우주에 우리는 혼자나 다름없다"라고 적었다. 왜냐하면 '우리를 도와주러 달려올 존재가 우주 어디에도 없'기 때문이다. 천문학자들이 기울이는 엄청난 노력에도 불구하고 아직까지 인간의 레이더에 생명의 증거가 잡히고 있지 않을뿐더러, 그들의 희미한 신호를 감지하게 되더라도 우리가 감지한 순간 그들의 문명은 이미 사라졌을 가능성이 크고 마찬가지로 우리의 신호를 그들이 감지하는 순간 우리의 존재 역시 사라져 있을 것이라고 그는 설명한다. 나는 잠시 팀의 초점에 시야를 맞추어 영영 다른 외계 생명체와의 접촉에 실패한 채로 소멸될 인류의 미래를, 그리고 결국 우주를 감각할 존재가 모두 사라진 곳에서 홀로 계속해서 팽창하는 우주의 무의미

◆ 〈뉴필로소퍼〉 3호 참고.

함을 상상해본다.

나의 초점 역시 지구 밖을 벗어나지 않는다. 우주로 무언가를 쏘아 올리는 일도, 끝이 보이지 않는 세계로 상상력을 무한히 밀어붙이는 일도 재미있는 일이겠지만 역시 난 지구에 더 재미있는 일이 많아 보인다. 또한 시급한 일 역시 더 많고 말이다.

3 마음들의 경합

깻잎의 맛

편식이 심하다. 그래도 지금은 많이 나아졌다. 어릴 때 좋아하지 않거나 아예 먹지 못하던 대부분의 채소를 지금은 그래도 얼추 먹게 되었을 뿐 아니라 맛있다고 느낄 줄도 알게 되었다. 그중에서도 가장 긴 시간 동안 먹지 못하다가 몇 년 전부터 완전히 좋아하게 되어버린 채소가 있는데 그것은 깻잎이다.

깻잎은 그 향도 그렇지만, 이파리에 까슬까슬 나 있는 털도 께름칙해서 어릴 때는 쳐다도 안 봤던 채소이다. 채썰어 비빔밥 위에 얹혀 있는 것도 득달같이 덜어냈고 아무리 내가 좋아하는 얼큰한 탕이라도 거기에 깻잎이 들어 있으면 탕 전체에서 풍기는 특유의 향을 견디지 못해 그 음식을 먹는 것은 포기해야 했다.

그런데 이상한 일이지만 그렇게 깻잎을 싫어하면서도 동

시에 나는 그 채소를 조금 좋아하기도 했다. 깻잎절임. 나는 깻잎절임만큼은 좋아했다. 그것은 맛 때문이 아니었다. 깻잎절임은 확실한 팀플레이가 필요한 반찬이었다. 나는 이 사실을 아주 어릴 때부터 깨달았다. 켜켜이 찰싹 붙어 있는 깻잎을 스스로의 힘만으로 떼어낼 줄 아는 어른은 거의 없었다. 나는 깻잎을 못 먹는 시절을 보내면서도 반찬으로 깻잎절임이 나오면 그렇게 속으로 신이 났다. 누군가의 젓가락이 깻잎절임을 향할 때마다 어디선가 또 다른 젓가락이 나타나 도움의 손길을 내미는 것을 보는 것이 좋았다. 가끔은 두 사람 모두 쩔쩔맬 때도 있었다. 그럴 때는 조심스레 나의 작은 젓가락을 내밀어 얇은 깻잎 한 장을 떼어내는 일에 동참했다. 손이 두 개나 있고, 손가락이 열 개나 있고, 젓가락질을 아무리 능란하게 잘하더라도 혼자서는 할 수 없는 일이 있다는 사실과 그때 필요한 것은 다른 사람의 존재라는 사소하지만 중요한 사실을 나는 깻잎절임으로부터 배웠다.

설명이 불가능한 기억들

2018년부터 육식을 제한하는 식단을 유지하고 있다. 그러면서 크고 작은 변화들을 경험하는 중이다. 그중 사소한 일 하나는 유독 뭔가 먹는 꿈을 폭발적으로 자주 꾼다는 것이다. 당연하게도 그 음식들은 대부분 고기 요리다. 이제는 고기를 먹지 않는 생활에 충분히 익숙해졌다고 생각하는데 내 무의식은 아직 시간이 더 필요한 모양이다. 그저께는 곱창을 구워 먹는 꿈을 꾸었고, 그 전날에는 햄을 기름에 지글지글 굽는 꿈을 꾸다 깨서 침대에 누운 채 햄 생각을 오랫동안 했다.

어떤 음식에 대해서는 먹는 것보다도 그 음식 자체에 얽힌 기억이 더 맛있을 때가 있다. 햄이 그렇다. 나는 유치원에 다닐 때 햄을 처음 먹어보았다. 옆자리에 앉은 짝꿍 덕이었다. 분홍색을 띠는 동그란 소시지만 알던 나는 그날

짝꿍의 도시락 속 햄을 먹고 파격적인 맛있음에 황홀경을 느꼈다. 바로 집으로 돌아가 엄마에게 햄을 도시락 반찬으로 싸달라고 조르기 시작했다. 다만 당시 '햄'이라는 글자를 알지 못해서 스피드 퀴즈식으로 햄을 설명했던 기억이 난다.

소시지인데 사각형이고 테두리가 진한 거. 그걸 도시락으로 싸달라고 조르던 조그만 내가 햄을 떠올릴 때마다 늘 생각난다. 어머니는 끝까지 내 설명을 알아듣지 못하셨고, 짝꿍도 맛있게 먹을 줄이나 알았지 그걸 햄이라고 부르는 줄 몰랐던 건 피차 마찬가지여서 나는 그 후로도 한동안 어머니가 싸주는 햄을 먹을 순 없었다.

햄의 추억은 그나마 내가 이렇게 설명할 수 있어서 다행이라고 생각한다. 그저 진한 인상만 남은 채 설명은 불가능한 음식들이 너무나 많기 때문이다. 어떤 공간에 들어설 때 나는 양파 볶는 냄새, 우연히 한 음식점에서 먹은 김치, 옛날 어느 호프집 안주……. 그때마다 훅 끼치는 강렬한 기시감 속에서 내가 '어, 이 맛, 이 분위기, 분명히 내가 경험한 건데' 하고 당황하는 사이 막간의 인상은 홀연히 사라지고 만다.

프로와 아마추어

자는 시간을 빼고는 노상 잔잔하게 하는 별거 아닌 생각이 하나 있다. 그러다 병원에 오면 그 생각이 무시무시하게 커져 나는 갑자기 거기에 완전히 잠식되는 기분을 느낀다. 그 생각이 뭐냐 하면, 다 불쌍하다는 생각.

나는 기본적으로 모두를 불쌍하게 여기는 편이다. 여자도, 남자도, 노인도, 아기도. 가난한 사람도, 부자도, 동양인도, 서양인도……. 이유를 분명하게 설명할 수는 없지만 뭐랄까, 그냥 살다 보니까 자연스럽게 알게 되었다고 해야 할까, '생은 고통이다'라는 문장을 그렇게 마주하면서도 아무렇지 않다가 어느 날, 아마도 20대 후반의 어느 날, '헉, 정말 그렇잖아!' 하고 화들짝 놀라버렸달까.

그렇지만 '불쌍하다'라는 말을 겉으로 내뱉어본 적은 거의 없다. 점점 더 철저하게 이 말을 내뱉는 것을 삼가게 된다. '불쌍하다'라는 말은 어떤 인간이 다른 인간을 향해 발음해서는 안 되는 말이라는 생각이 든다. 그냥 속으로만 생각해야 하는 말이라고. 왜냐하면 그게 타인의 삶에 대한 예의라고 믿기 때문이기도 하지만 동시에 어떤 암묵의 룰을 어기는 행위처럼 여겨지기도 하기 때문이다. 마치 카메라가 없는 것처럼 연기를 해야 하는 배우가 갑자기 카메라를 똑바로 쳐다보는 것처럼 말이다. 카메라는 있지만 없는 것이어야 한다는 우리 사이의 룰을 어기는 배우는 프로라고 할 수 없을 것이다. 나는 주변에서 툭하면 '너무 불쌍해'라는 말을 내뱉는 사람을 본다. 소위 어른이라는 소리를 듣는다는 것은 인생이라는 연기를 몇십 년 이상 했다는 것일 텐데, 그런 경력으로 계속 아마추어처럼 구는 것을 보는 건 좀 짜증나는 일이다.

몇 달에 한 번씩 가는 내가 다니는 대학병원은 약간 백화점처럼 생겼다. 개방적인 구조로 지어져 있어 에스컬레이터를 타고 올라가면서 아래층과 위층을 휘 둘러볼 수가 있다. 유감스럽게도 백화점이 아니라 병원이므로 나는 각종 매장 대신 각종 진료 과목이 적힌 간판을 본다. 그리고 그 간판 아래로 드나드는 사람들도. 다들 각자의 고통이 가장 힘들 것이다. 그걸 견디면서 여기로 모여든 것이겠지.

모두모두 참 불쌍하다. 그런 생각을 하면서 에스컬레이터를 타고 2층으로 올라간다. 물론 겉으로는 심드렁한 표정을 지으며 내가 가야 할 진료과로 묵묵히 걸음을 옮길 뿐이다. 나는 아마추어가 아니니까.

내 순서가 되어 진료실로 들어갔더니 의사 선생님께서 얼마 전에 생일이었냐고 물어오셨다. 오실 때마다 모니터에 뜨는 나이 앞자리 수가 3이었는데 지금 보니까 4가 되었다면서.

병원 진료실에 앉아 흰 가운을 입은 의사로부터 듣는 모든 말은 어쩜 이렇게 위력을 갖게 되는 것인지? 40대가 되었다는 사실을 부정해온 것도 아닌데 갑자기 40대라는 이름의 거구에게 오도 가도 못하게 확 붙들려 꼼짝 못 하는 기분이 들었다. 나는 박장대소하며 의사 선생님께 말했다.

병원에 앉아 그 말을 들으니 제가 40대가 되었다는 사실이 무슨 선고처럼 들리네요!

병원을 나서는데 갑자기 '어린이대공원' 표지판이 보였다.

무척 더운 날씨였지만 하늘이 푸르고 구름도 두툼하니 멋스러웠다. 나는 나를 꽉 끌어안고 있는 40대 군과 함께 어린이대공원에 가보기로 했다. 이곳에 마지막으로 갔던 때가 언제였는지 기억조차 나지 않을 만큼 어린이대공원은 오랜만에 가보는 것이다. 도착하여 매표소가 어딘지 두리번거리는데 보이지 않았다. 무료 입장이었다. 원래 무료 입장이었나? 나는 고개를 갸웃거리며 들어섰다.

평일인 데다가 너무 더워서 그런 것인지 사람이 없었다. 정말 한 사람도 보이지 않았다. 혹시 쉬는 날 우연히 열린 문으로 내가 들어선 것은 아닌가 하는 생각을 잠깐 하면서 동물원을 가리키는 방향으로 천천히 걸었다. 걷다 보니 사람이 눈에 띄었다. 그늘이 드리운 벤치에 조금씩 앉아 있었다. 대체로 나이가 많은 사람들이었다. 어떻게든 기력을 낭비하지 않으려는 듯 그들은 정물처럼 가만히 앉아 부채질도 살금살금 하고 있었다. 햇빛은 너무 강렬하고, 하늘은 너무 푸르고, 식물들은 너무 초록색이었다. 각자가 각자의 색에 진심을 다해 충실한 날이었다. 잠시 뒤 동물원이 나타났다. 역시 사람은 거의 없었다. 동물들도 거의 눈에 띄지 않는 곳에서 제 몸을 사리고 있었다.

나란하게 이웃하고 있는 얼룩말과 사슴의 우리를 향해 가까이 다가갔다.

내가 다가가자 더위에 정신없는 와중에도 몇 마리가 하던 행동을 멈추고 나를 쳐다보았다. 사슴은 시선을 조금도 피하지 않고 나를 주시했고 얼룩말은 바닥의 풀을 먹다가 내가 다가가자 먹는 시늉만을 할 뿐이었다. 나를 똑바로 바라보고 있지는 않았지만 나를 충분히 경계하고 있다는 것을 알 수 있었다. 그들의 긴장과 불편을 명백하게 인지하면서도 나는 태평하게 펜스에 몸을 기댄 채 그들을 계속 응시했다. 내가 있는 자리가 안전하다는 것이 새삼스러웠다. 응시가 가진 권력성을 또렷하게 감각하며 나는 지금의 내 얼굴이 갑자기 몹시 궁금해졌다. 뻔뻔하게 응시하는 내 얼굴. 어떤 얼굴일까. 어떤 일을 하면서 동시에 행위하는 나를 관찰하는 것은 조금도 가능한 일이 아니지만 지금 나의 얼굴은 어렵지 않게 짐작할 수 있을 것 같았다. 내 얼굴은 아마도 내가 타투를 다 드러낸 민소매 옷을 입었을 때 나를 바라보던 얼굴들과 비슷할 것이다. 내가 브래지어를 착용하지 않은 채 외출했을 때 내 가슴팍을 바라보던 얼굴들과도 비슷할 것이다. 내가 담배를 피우고 있을 때 나를 뚫어져라 바라보던 얼굴들하고도, 내가 달리고 있을 때 홀딱 벗고 다니냐고 소리를 치던 자의 얼굴과도 비슷할 것이다.

나는 병원도 아닌데 또 '그 생각'에 잠식되었다. 동물들이 불쌍했고 동물원을 구경하는 일이 부끄럽고 미안했다. 몸을 돌려 다시 얼마간을 걸었다. 왼편에 놀이동산이 나타났다. 역시 사람은 없었고 어디선가 빠른 비트의 가요만 공허하게 울리고 있었다. 모두가 불쌍하다는 생각에 잠식된 사람이 좋아할 만한 황량함이었다. 나는 걸음을 멈추고 놀이동산의 전경을 무심히 동영상으로 촬영했다. 그런데 얼마 뒤, 멈춰 있던 롤러코스터가 추궁추궁 움직이기 시작했다. 사람이 없어도 롤러코스터를 작동시키나 생각한 찰나, 맨 앞에 앉아 있는 두 사람이 보였다. 엄마와 아이였다. 둘은 손을 꼭 잡고 있었다. 가파른 굴곡을 지날 때마다 탄성을 질렀다. 의자 아래로 긴 다리와 짧은 다리가 대롱거리는 것이 보였다.

저 사람들이야말로 프로처럼 보인다, 그렇지 않니. 내내 나를 부둥켜안고 아무 말 없던 40대 군이 말했다.

어떻게 춤을 추어야 할까

꿀을 매우 좋아하면서도 돈을 주고 꿀을 구입하는 일에는 매번 마음이 복잡해진다. 동물을 착취하는 모든 행동에 어떻게든 가담하고 싶지 않다는 생각 때문에 손이 가지 않는 것이다. 친구가 토종벌의 개체 수 안정화를 위한 토종벌꿀 판매 프로젝트를 내게 소개했을 때에도 가장 먼저 든 생각은 그것이었다. '혹시 이것도 착취가 아닐까……?'

한국 토종벌의 멸종 위기, 거기에서 시작된 이 프로젝트의 시작과 진행 과정들을 뒤이어 전해 들으면서 나는 비건 지향의 삶을 선택하고 나서 한동안 인간의 한쪽 면만을 노려보고 있었다는 것을 깨달았다. 똑똑해지려고만 하느라 되레 멍청해져서 파괴할 줄밖에 모르는 동물이 인간이라고, 그런 생각에만 빠져 살다가 '앗! 인간은 그 반대의 일도 할 수 있었지' 하는 새삼스러운 실감이 든 것이다.

인간은 별수 없이 개입하는 동물이라는 생각이 든다. 착취를 위해서든, 보호를 위해서든.

어느 쪽으로든 자연의 생태계에 인간의 개입은 옳지 않다고 생각하는 사람도 있을 것이다. 그러나 나는 영 그렇게 되질 않는다. 얼결에 뭍으로 밀려온 물고기를 다시 바다 쪽으로 영차영차 밀어주는 사람들, 다친 동물을 치료하고 그 짧은 순간의 정을 끊는 일에 슬퍼하며 다시 자연으로 돌려보내주는 사람들, 길 위에서 사는 생명의 복지를 위해 길고양이 TNR(중성화 수술)을 시행하는 사람들. 나도 그 사람들과 같은 개입의 욕구를 느낀다.

그 프로젝트는 거의 전멸 직전인 토종벌의 개체 수를 5년 안에 정상화하는 것을 목표로 한다. 한 지역을 벗어나지 않는 토종벌을 따라 양봉 농가도 오직 한곳에 머물며 그 지역의 생태 전반을 가꾸고 있다고 들었다. 나는 이 개입을 응원하기로 했다.

벌은 춤을 춘다. 꿀을 발견하고 위치를 알릴 때 벌은 춤을 추며 말한다. 그렇게 꿀을 채집하며 옮기는 꽃가루 덕에 내가 먹는 과일과 야채가 존재하고 있다는 것을 안다. 고맙다고 말하고 싶다. 어떻게 춤을 추어야 할까.

어쩔 수 없다

집에 가장 많은 것. 단연 책이다. 다른 건 몰라도 책을 살 때에는 본능만 있다. 지출을 좀 아껴야 한다는 생각, 책장에 꽂을 곳이 없어 바닥에 쌓아두기 시작한 책들이 집 안에서의 생활에 잔잔한 불편함을 준다는 생각, 그 외에 할 수 있는 모든 생각을 책을 살 때에는 하지 않는다. 아니, 한다. 다만 그 생각에 조금도 귀 기울이지 않을 뿐.

약간 복잡한 이사를 앞두고 그간 내가 사들인 책이 한곳에 다 모였다. 부모님 댁에 살면서 샀던 책과 혼자 살면서 산 책들이 거실에 펼쳐졌다. 조금 과장을 보태 예전에 종종 했던 카드 게임이 떠올랐다. 두 장의 똑같은 카드를 뒤집는 게임. 어마어마한 책 무더기 속에서는 동일한 책이 제법 많았고(세 권이 있는 경우도 있었다) 나는 게임하는 기분으로 그것들을 가려냈다.

집에 책이 너무 많이 있는 것이 싫다. 어떤 물건이 지나치게 많아져 그것이 '덩어리'처럼 되는 것이 싫다. 그럼 아예 건드리고 싶어지지 않기 때문이다. 지금 내 책들은 집 안에서 충분히 덩어리처럼 보일 양이었다. 과감하게 책들을 분류했다. 버릴 것, 기증할 것, 팔 것. 마음이 떠난 책들을 수갑으로 체포하듯 노끈으로 거세게 묶었다.

책 다발을 헌책방에 가져갔다. 주인아저씨는 대충 보더니 나에게 "이 책들을 다 읽으신 거예요?" 하고 물었다. 나는 읽은 것도 읽고 읽으려다 실패한 것도 있고 그렇다고 대답했다. 아저씨가 아무 책 한 권을 집어 들어 내부를 살폈다. 내가 읽으며 접어놓은 수많은 도그지어와 쳐놓은 밑줄을 보시면서 "하이고" 하셨다. 나는 순간적으로 이렇게 지저분하게 읽은 책은 값을 많이 못 쳐준다는 말씀을 하시려나 보다 했다. 그러나 이어지는 대답은 "책 열심히도 보셨네"였다. 따님으로 보이는 직원분에게 얼마 챙겨드리라고 이르고 아래층으로 사라진 아저씨는 다시 빼꼼 머리만 내밀고 "2천 원 더 쳐드려!"라고 선심을 쓰듯 외쳤다.

집에 책이 많은 게 싫다면서 책 사는 것을 멈추지 못하는 아이러니. 어느새 늘어난 책 덩어리에 깜짝 놀라 우르르 처분하는 이 일련의 과정은 살면서 여러 번 반복되겠지. 책을 사랑한 것에 대한 과보이므로 어쩔 수 없다. 그래도 그 사이에 작은 기쁨들이 있을 것이다. 이렇게 2천 원 더 받는 일처럼.

프레시 구구절절

'5월은 무슨 달인가' 하고 묻는다면 성질 급한 사람들은 가정의 달이다! 하고 바로 대답할 테지만, 검색해보면 가정과 상관없는 기념일도 많은 달이 바로 5월이다. 근로자의 날, 스승의 날, 성년의 날, 5·18 민주화 운동 기념일, 심지어 바다의 날도 있다. 이렇게 기쁨으로, 때로는 묵직한 슬픔으로 기념할 날들이 오밀조밀 모여 있는 5월이지만 나 같은 프리랜서들에게 5월이란 솔직히 그냥 '종합소득세 신고의 달'이다.

5월이 되자마자 내 주변의 부지런한 프리랜서들은 벌써 분주하다. 준비할 것이 많다. 1년치 카드 내역과 통장 내역, 그 밖의 여러 가지 자료들을 바지런히 모아 정리하고 제출해야 한다. 일부 똘똘한 사람들은 놀랍게도 혼자서 국세청 홈택스 사이트와 씨름하면서 신고까지 해내지만 나처럼 수에 약하고 계산에 겁이 많은 사람들은 세무사의 도움을 받을 수밖에 없다. 그렇게 매년 5월, 이런 과정을 거치며 숫자들을 연신 마주하고 있으면 자연스럽게 소위 '5월의 언어' 패치가 장착된다.

나는 기본적으로 구구절절한 데가 있다. 노래를 만들고, 책을 쓰고, 책방을 운영하면서, 매사를 이야기로 이해하고 말한다. 그러나 5월에는 나의 이야기들이 숫자로 압축되고 축약된다.

'저는 뮤지션이자 작가이고 제주에서 작은 책방을 운영하고 있습니다'라는 말을 5월의 언어로 표현하면 다음과 같다.

940100, 940301, 940304.

뿐만 아니다. '저는 책 읽는 것을 아주 좋아합니다. 그런데 읽는 것보다 사는 것을 더 좋아합니다. 매번 분에 넘치게 사느라 다 읽지 못하고 쌓아놓는 것이 저의 덕이자 죄입니다'라고 할 법한 말은 '5월의 언어'로는 다음과 같이 치환된다.

'매달 지출비 중 서적 구매 비용은 평균 20만 원.'

지난 1년의 삶을 그렇게 숫자와 계산 중심인 '5월의 언어'로 정리하다 마침내 6월이 되면, 마치 압축 팩으로 납작하게 눌러뒀던 내 시간에 공기가 들어오면서 다시 원래대로 부풀어 오르는 것 같다. 그때의 살 것 같은 기분! 다시 구구절절해질 수 있다는 상쾌함!

세인트 보이의 마음은 어떤 곳일까

도쿄올림픽이 막을 내렸다. 나처럼 단 한 경기도 보지 않은 사람도 후유증이랄지, 뒤숭숭한 여운 속에서 지내고 있는데 각종 경기를 챙겨 보고 응원했던 사람들은 다들 괜찮을는지 모르겠다. 물론 선수들만큼이야 아니겠지만 국민들도 상당한 기력을 소진했을 것이다. 자신의 해야 하는 일을 멈추고서는 응원하느라 주먹을 꼭 쥐고, 소리도 지르고, 웃고 눈물도 짓고 하느라 얼마나 피곤했을까. 실제로 집에 있다가 사람들이 동시다발적으로 외치는 함성에 놀란 적이 한두 번이 아니었다.

한 경기도 안 보고도 후유증이 있을 수 있냐는 반문이 있을 것 같은데 나는 나대로 기사들을 챙겨보면서 조금 층위가 다른 생각을 바쁘게 했다. 육체들의 경합이 아니라 오히려 마음들의 경합에 대해서. 그리고 육체와 마음 사이의 엄격한 경계에 대해서.

그것을 가장 강하게 느낀 건 근대 5종 경기에 대한 기사에서였다. 펜싱, 수영, 승마, 사격, 육상을 모두 소화해야 하는 고강도의 종목. 말은 랜덤으로 배정받는다는 규칙 아래 독일의 아니카 슐로이 선수는 '세인트 보이'라는 말과 처음 만나 경기에 임했다. 세인트 보이는 자꾸만 장애물 넘기를 거부했다. 결국 슐로이는 0점을 받았다. 그는 울면서 경기를 치렀다. 코치 라이스너는 세인트 보이에게 주먹질을 했다.

슐로이의 마음은 어떤 곳일까. 끝없이 무너질 수밖에 없는 곳. 거기선 절망에 한계는 없다. 라이스너의 마음은 어떤 곳일까. 화가 나면 주먹질 정도가 아니라 몇 번이고 상대를 죽이고 또 죽여도 되는 곳. 거기엔 법이 없다. 단 하나의 조건이 있다면 무한의 자유가 보장된 마음의 일을 몸의 영역으로 가져올 때는 정말로 조심해야 한다는 점이다. 모든 선수들이 마음 안에서 벌어지는 온갖 무섭고 더러운 아수라장을 꾸역꾸역 견디고 감당하며 그것이 몸의 영역과 얽히지 않게 하려고 노력했을 것이다. 그리고 슐로이와 라이스너는 거기에 실패하고 말았다.

모기의 건투를 빈다

모기에 잘 물리는 체질이 따로 있는 것은 분명한 것 같다. 누군가는 그것을 혈액형 때문이라고도 하고 누군가는 체취 때문이라고도 하던데, 분명한 이유는 몰라도 땀과 체취와 체온과 혈액형과 음양오행의 기운 때문에 누군가는 모기에 잘 물리고 누군가는 모기에 잘 물리지 않는다. 그리고 나는 모기에 잘 물리지 않는 사람이다. 여름 내내 나는 모기에 잘 물리지 않는다. 모기가 많은 지역에 가서 일행들이 자기 몸을 찰싹찰싹 때릴 때에도 나는 한두 방 물릴까 말까다.

재미있는 것은 여름내 모기에 물리지 않다가 늦여름에 집중적으로 모기에 물린다는 사실이다. 누군가는 바람으로, 누군가는 하늘의 높이로 계절이 바뀌는 것을 느끼겠지만 나는 자고 일어나 내 몸 여기저기 모기 물린 자국을 보면서 여름이 가고 있다는 것을 느낀다.

어젯밤 책을 읽으면서 모기를 네 마리나 잡았건만 자고 일어났더니 다리에 세 방, 얼굴에 한 방 물려 있었다. 난 내 몸에 자리한 모기 물린 자국을 볼 때마다 이상한 슬픔을 느낀다.

내가 나름대로 세운 가설은 이것이다. 모기 입장에서 보면 나는 결코 맛있는 먹거리가 아닐 것이다. 그렇지 않고서야 여름 내내 이토록 안 물릴 수는 없다. 정말 내 피는 어지간히 맛없는 정도가 아니라 가능하면 안 먹고 싶을 정도인 것이다. 그러다 바람이 선선하고 하늘이 높아지고 가을이 다가오면, 다시 말해서 자기네 생이 이제 얼마 남지 않았음을 체감하게 되면, 그들은 조바심이 날 것이다. 나는 그런 입장에 놓인 모기들에게 먹히고 있는 것이 아닐까. 찬밥 더운밥 가릴 처지가 아닌 모기들에게. 어떻게든 조금이라도 더 이 세상에서 살고 싶은 생의 의지로 똘똘 뭉친 모기들에게. 이토록 맛없는 내 피가 그들의 필사적인 양식으로 쓰인 것일지도 모른다는 생각이 들면 어쩐지 악을 쓰고 모기를 잡으려던 마음도 슬그머니 죽는다.

하루하루가 다르게 모기들은 비실비실하다. 생의 마지막까지 최선을 다하길 빈다.

체념적인 너그러움의 시간

복잡한 이사를 앞두고 집을 보러 다녔다. 이 일은 힘들면서도 재미있고, 초조하면서도 설렌다. 결코 자주 하고 싶은 일이 아님이 확실한데도 막상 집을 보러 이리저리 돌아다니는 내 발걸음에는 꽤 경쾌함이 있다. 이 복잡한 마음의 상황을 하나하나 열거해보자면 이렇게 적어 내려갈 수 있을 것이다.

나에게 꼭 맞는 집을 구해야 한다는 초조함, 이번에는 내가 바라는 집이 나타날지도 모른다는 기대, 누군가 살고 있는 집에 이렇게 불쑥불쑥 들어갈 수 있다는 짜릿함, 문을 열면 가장 먼저 맡아지는 집 냄새, 무슨 냄새라고 설명이 불가능한 고유의 집 냄새가 불러오는 내 과거의 기억들, 거기에 느끼는 생뚱맞음, 집을 본답시고 안방, 거실, 화장실을 기웃거리면서 관찰하는 나와 다르지 않은 그 집의 생활, 벗어놓은 양말의 무질서함, 어수선한 설거짓거리, 배수구에 끼어 있는 머리카락, 아무 옷이나 걸치고 무표정한 채로 나를 바라보는 지친 얼굴들이 주는 안도와 슬픔, 안아주고 싶은 마음, 그것과는 별개로 내 마음에 들지 않는 집에 느끼는 실망감과 그 실망감에 느끼는 미안함, "안녕히 계세요" 하고 집을 나온 뒤에는 다시 초조함부터 이 과정이 반복된다.

소셜미디어를 통해, 유튜브를 통해, 가끔 초대를 받아 방문하며 구경하는 말끔하고 멋스러운 다른 사람들의 집과는 너무나도 다른 날것의 세상을 나는 몇 년에 한 번씩 이사를 할 때마다 바라본다. 그렇게 타인의 집 안을 하루 종일 셀 수 없이 본 날에는 마치 인간 삶의 본질을 다 알아버린 것 같은 기분이 든다. 집으로 돌아오면서 발견하는 집집의 불빛이 무엇을 비추는지, 거기서 사는 사람들이 얼마나 다양하고 또 동시에 얼마나 고만고만할지가 다 훤히 보이는 것만 같다. 그날은 오히려 내 집 앞에서 긴장한다. 현관문을 열면 내 집 안의 풍경이 어떻게 보일지, 내 집에서는 무슨 냄새가 날지 새삼스럽게 궁금하다. 나는 조심조심 현관문을 연다.

손 뻗어 닿는 곳에

우리 집 싱크대 상판에는 늘 먹거리가 놓여 있는 편이다. 거봉이나 방울토마토. 다른 과일의 경우 한 입 크기로 잘라놓는다. 요리하고 남은 당근이나 오이를 두기도 하고, 그 밖에 초콜릿이나 견과류, 감자, 고구마, 누룽지, 생라면, 젤리 등등 아무튼 집 안을 오가며 손으로 주워 먹기 좋은 음식거리를 늘 두려고 한다.

처음 이 셀프 스몰 케이터링(?)을 시작하게 된 계기는 남은 음식을 버리지 않기 위함이었다. 먹고 남은 음식을 다음에 먹어야지 하고 냉장고에 넣어놓으면 그길로 왜 나는 그 음식의 존재를 새까맣게 잊어버리고 마는 것인지. 냉장고 안에서 천천히 썩어간 음식을 가슴 아프게 발견한 적이 한두 번이 아니었다. 그래서 눈에 보이는 곳에 두기 시작했다. 집 안을 왔다 갔다 하면서 하나씩 하나씩 주워 먹으면 어느새 아깝게 버려질 뻔한 음식들이 알뜰하게 나의 내부에서 정리되어 있었다. 그것이 이제는 하나의 고유한 집안 문화로 정착되어 지금은 아예 처음부터 밖에 두고 먹을 용도로 음식을 사곤 한다. 손 뻗어 닿는 곳에 야금야금 주워 먹을 것을 두는 일이 나에게는 집안 생활을 한결 덜 심심하게 해주는 사소하지만 신나는 리추얼이 되었다.

실은 머릿속으로도 그런 일이 가능하다는 것을 알았다. 심심할 때마다 생각의 손을 뻗어 야금야금 이야기를 만지는 것 말이다. 요즘 얼마 전 다시 읽어본 『브레멘 음악대』라는 동화를 수시로 생각한다. 구글로 검색한 독일 브레멘에 세워진 브레멘 음악대 동상의 이미지도 툭하면 떠올린다. 사람들이 하도 만져서 반질반질해진 당나귀가 맨 밑에 있고 그 위에 개가 있고 개 위에 고양이가 있고 고양이 위에 닭이 서 있는 그 모습을. 나도 모르게 내 일대를 징징거리는 아이가 되어 돌아다닐 때, 그때마다 이 이야기에 손을 뻗는다. 고양이에게 내 멋대로 대사를 쥐여주고, 당나귀에게 내 멋대로 악기를 들려주고, 도적들에게도 사연을 입혀준다. 내가 나에게 그렇게 동화를 읽어주고 있으면 어느새 징징이는 잠이 든다.

책을 읽는 인간은 어떻게 변하는가

안경을 맞추기 시작한 것은 대학생 때부터였다. 시험 기간이었는데 갑자기 칠판에 적힌 글자가 또렷하게 보이지 않았다. 시험지 위의 글자들도 뿌옇고 답답했다. 물론 눈에 힘을 주면 읽을 수는 있었지만 그 분명치 않은 시야가 영 불편해서 시험을 망치자마자 교내 안경점에 찾아가 시력 검사를 하고 싸구려 안경을 급하게 맞췄다. 나에게 난시가 있다는 것을 그때 알았다. 더불어 난시가 컨디션의 영향을 매우 많이 받는다는 것도.

지금은 여러 개의 안경을 가지고 있다. 시력이 나쁜 편이 아닌데도 책을 읽을 때마다 눈이 계속 불편해 안경을 찾게 되는 현실이 내내 참 이상스럽다고 생각하며 맞춘 것들이다.

얼마 전 마음에 쏙 드는 안경테를 우연히 발견해 구입했다. 그리고 렌즈를 맞추기 위해 책방 바로 옆 건물에 있는 안경점을 찾았다. 처음에는 그저 가장 가깝다는 이유로 방문했었지만, 엄청난 시간을 들여 꼼꼼하게 검안을 해주시는 것에 감동을 받아 그 이후에는 꼭 그곳만 찾아갈 만큼 신뢰하게 되었다. 그동안에는 묵묵히 각종 기계들 앞에 다소곳이 앉아 눈을 고정시킨 채 묻는 질문에만 대답해왔지만(빨간 쪽 글씨가 더 또렷합니다, 북서쪽이 흐릿합니다, 네, 잘 보입니다, 아니 아까가 더 잘 보입니다, 3, 80, C……) 이번엔 무슨 이유에서였는지 내가 오래 느낀 이상스러움(시력이 나쁜 것도 아닌데 왜 이렇게 눈이 금방 피곤해지고 잘 안 보이는가)에 대해 말하게 됐다.

"작년에 종합병원에서 건강검진하면서 시력검사도 했었거든요. 심지어 그때는 시력이 평소보다 더 좋게 나왔다니까요. 근데 책을 읽을 땐 침침하고…… 제 눈 정말 너무 웃기고 이상해요."

새하얀 기계 건너편에서 안경을 쓴 직원분은 아이패드를 들여다보며 기계의 세팅 값을 조정하고 있었다. 고개를 숙인 채 나의 넋두리를 조용히 듣고 있던 그는 내 이야기가 끝나자 고개를 오른쪽으로 주욱 빼고 내 쪽을 바라보았다. 그가 쓴 안경의 도수는 아주 높은 게 분명했다. 그의 얼굴 윤곽선이 안경알 속에서 크게 어그러져 있었다.

"저처럼 눈이 아예 나빠버리면요. 시력에 관여하는 근육들이 잘 보려고 노력할 생각 자체를 안 해요. 그냥 손 놓고 포기한 거죠. 우린 글렀어, 하면서요. 그래서 사실 눈이 피로할 일은 없다고 봐야 해요. 그런데 손님처럼 애매하고 복잡하게 눈이 안 좋은 경우에는 근육들이 포기하지 않아요. 또렷하게 보려고 계속 노력하는 거예요. 노력하면 될 것 같으니까. 마치 초점이 살짝 나간 카메라 렌즈가 끊임없이 초점을 맞추기 위해 분주하게 왔다 갔다 하면서 움직이는 것처럼요. 그렇게 수고를 하다 보니 눈이 금방 피곤해질 수밖에 없죠. 피곤하니까 갑자기 시력도 저하되고요. 지금 모르시겠지만 저하고 검사 진행하는 사이에 이미 손님 눈이 충혈됐어요. 눈 피곤하시죠, 벌써?"

나는 고개를 끄덕였다.

얼마든지 책을 읽을 수 있는 든든한 체력이 남아 있음에도 불구하고 눈의 피곤을 어쩌지 못해 책과 노트북을 덮어야 했던 지난 시절이 스쳐 지나갔다. 아아, 봐야 할 게 너무 많은데 지금 눈알이 또 녹초가 됐어, 답답해 죽겠어, 투덜거리며 두 눈을 손바닥으로 꾹꾹이 하던 나날들.

나와 같은 눈은 기능성 안경을 써야 한다고 직원분은 말씀해주셨다. 1년에 한 번씩 검사하면서 시력의 추이를 지켜보면 더 좋겠다는 말씀도. 난시와 원시가 뒤섞인 복잡한 내 눈을 위한 렌즈는 주문 제작을 해야 해서 10일쯤 뒤에 나온다고 했다.

직원분의 카메라 렌즈 비유가 어찌나 적절했는지 책방으로 돌아와서도 내내 잊히지 않았다.

'근육들이 포기하지 않는 거예요. 노력하면 될 것 같으니까.'

'근육들이 포기하지 않는 거예요. 노력하면 될 것 같으니까.'

……

정말이지 너무나도 근육들에게 목소리를 부여하고 싶게 만드는 말이다……. 손님 없는 책방에 우두커니 앉아 잠시 동안 서로서로 파이팅을 외치고 있는 안구 근육들을 상상해보았다.

애들아! 조금만 힘내봐! 더 잘 보려고 노력해봐! 거기 친구, 넌 특히 몸을 더 쪼여야지. 옆에 있는 너는 몸을 풀고. 그래, 이제 수진이가 지금 읽고 있는 부분이 더 잘 보일 거야. 모두들, 피곤하겠지만 조금만 더 힘내보자. 수진이는 우리 덕에 이제 곧 멋지고 대단한 지성인이 될 거야! 조금만 더, 조금만 더 읽으면 어쩌면…….

책을 읽으며 뭔가 대단한 걸 알게 되는 일 같은 건 여간해서 잘 일어나지 않는다. 결코 지성인이 되어가고 있다는 실감은 들지 않는다. 읽은 책들은 며칠이면 다 까먹어버린다. 그리고 나는 여전히 한심하고 멍청하다(겸손이 아니다).

나는 대체 무엇을 위해 이 근육들을 희망 고문하면서 계속 혹사하고 있는 건지…… 하는 생각이 새삼 들었다. 책을 읽지 않는 삶을 산다면 내 안구를 둘러싼 근육들은 한결 덜 고생스러운 인생을 살 것이다.

"멋진 안경도 갖게 되셨으니까, 이제 안경잡이로 사는 삶에 익숙해져보시지요."

직원분은 나와 헤어질 때 자신의 안경을 의미심장하게 고쳐 잡으며 이 말을 했다.

아직은 지금의 안경과 데면데면하다. 모니터 앞에서나 독서할 때를 빼고는 안경을 벗어서 내가 입고 있는 옷의 목에 걸어두거나 그냥 가방에 홱 넣어버리고 있다. 오래된 안 좋은 버릇이다.

사실 오래된 안 좋은 버릇은 또 있다.

눈이 피곤하고 침침해 읽고 있는 페이지가 잘 안 보일 때마다, 그리고 내가 책을 읽다가 특정한 생각에 빠져들게 될 때마다 미간에 주름을 잡아 버릇하다가 그게 이제는 정말 고쳐지지 않는 버릇이 되어 미간에 흔적이 생기기 시작한 것이다.

정치인이 되면 옷도 못 입고 반드시 못생겨진다는 이유로 자신은 정치를 절대 하지 않을 생각이라고 선언할 만큼 못나지는 데 민감한 내 친구는 독서 때문에 미간에 주름 잡는 버릇이 생겼다는 이야기를 듣자마자 조금의 지체도 없이 독서를 당장 그만두라고 소리쳤다. 그렇게 책 읽어서 뭐해? 넌 그냥 못생겨지고만 있을 뿐이잖아!

책을 읽는 인간은 어떻게 변하게 될까?

나의 경우로 짐작해보자면 그저 약간의 돋보기, 블루 라이트 차단 기능 때문에 살짝 노란 기운이 도는 안경을 쓰고 미간에 주름이 점점 깊어지는 어떤 얼굴, 얼굴뿐이다.

농락당하는 기분

무주 산골영화제에 참석했다. 내 기억이 맞다면 이번이 세 번째 방문이다. 어찌 된 일인지 나는 무주를 생각하면 늘 그곳의 자연에게 일종의 농락을 당한 듯한 기분을 느낀다. 너무 춥거나 너무 더웠고, 너무 괴롭거나 너무 행복했다. 처음 방문했을 때는 날씨가 얼마나 좋던지 나는 무언가에 도취된 상태로 공연을 마치고도 다음 날, 근처의 아무도 없는 냇가에 가서 또 기타를 치면서 노래를 불렀다(나는 아주 속물적인 음악가로 돈을 주지 않으면 웬만해서 기타를 잡고 노래를 부르지 않는다). 그때의 순간을 휴대전화로 녹음한 것이 있는데 들어보면 물소리, 새소리, 바람 소리가 다들 우렁차서 내 노랫소리가 묻힐 정도이다. 두 번째 방문 때는 혹시 몰라 챙겨 간 후드 집업을 꼭꼭 여며 껴입고도 추워서 누군가에게 머플러를 빌려 목과 머리통에 둘둘 두른 채 노래를 불러야 했다. 어떻게 신록의 계절에 뜨끈한 오뎅 국물 생각나는 초겨울의 날씨를 경험해야 하는 건지 어리둥절했다. 세 번째 방문은 너무 더웠다. 노래를 부르러 무대에 오르자마자 땡볕 아래 앉아 있는 관중들에게 머리를 조아렸다. 더우신데 거기 앉아 계시기 힘드시죠, 죄송합니다, 얼른 부르겠습니다. 마지막 곡을 마치고 나서도 이 더위에 계속 앉아 끝까지 들어주셔서 정말 감사하다고 인사했다. 숙소로 돌아와 트렁크를 열자 두 번째 무주의 혹독한 경험 때문에 가장 먼저 챙겼던 두툼한 겨울용 카디건이 육중한 부피감을 드러냈다. 이렇게 더울 줄 알았으면 이걸 챙겼겠냐고! 나는 분통을 터뜨렸다.

'과연 농락할 수 있는 권리라는 것이 있을까? 만약 그렇다면 그것은 아름다움에 있는 것일까?'

무주에서 이것저것 사고 받은 각종 물건들을 넣기 위해 겨울 카디건을 사정없이 트렁크 구석으로 밀어붙이며 생각했다. 무주는 나를 꼼짝없이 들었다 놨다 했지만 나는 뭐라고 불평할 만한 처지가 아닌 것만 같은 기분이 들었다. 그러기에 무주의 자연은, 솔직히 너무도 아름다웠으니까. 그래서인지 몰라도 나는 그동안 무주 산골영화제에 가서 어둠 속으로 몸을 옮겨 영화를 볼 생각을 조금도 하지 못했다. 그저 자연 속에서 이리저리 휘둘리며 와아, 우읏,

캬아, 이런저런 고통과 환희의 탄성을 내뱉기 바빴다. 여느 때보다 오래 머물렀던 이번, 세 번째 방문이야말로 그러했다. 아침에 일어나면 숙소 창밖으로 보이던 그림 같은 산의 윤곽을 보면서, 발걸음을 옮길 때마다 시시각각 바뀌는 녹색의 스펙트럼을 보면서, 그 경계 너머로 펼쳐진 하늘의 푸르름을 보고, 덕유산 자락에서 밥을 먹고 개울가에 가까이 다가가면서, 나는 잠시였지만 말을 잊고 소리만 낼 줄 아는 존재가 되곤 했다.

서울로 올라오는 길, 차 안 일행들은 나를 포함해 전부 녹초가 되어 있었다. 휴게소에 잠시 들러 특별히 배가 고프지도 않으면서 기력을 위해 억지로 국수를 먹었다. 다시 차를 돌려 나가는 중 무심코 '오징어'라는 글자가 눈에 들어왔다. 길고 지루한 고속도로 운전에는 바보 같은 질문도 꽤 쓸모가 있으니까, 라고 생각하면서 나는 일행들에게 바보 같은 질문을 던졌다.

"언제부턴가 사람들이 못생긴 얼굴을 오징어에 빗대잖아. 그 이유가 뭘까?"

차 안에 있던 누군가 중얼거렸다. 우리 땐 호박 아니면 메주였는데. 또 다른 누군가 말했다. 뭔가 밋밋하고 납작해서 그런 거 아닐까요? 그러고는 다들 진지하게 궁금해졌는지 각자의 스마트폰으로 검색을 하기 시작했다. 약간의 정적이 흐르다 누군가 웃음을 머금은 목소리로 말했다.

"와, 이거 되게 웃기다. 한번 들어봐."

그러고는 다음 문장을 읽어 내려갔다. '영국에서는 못생긴 사람을 스패너를 잔뜩 넣은 바구니에 비교한다고 한다.' 말이 끝나기가 무섭게 차 안에 생기가 돌았다. 다들 도무지 이해할 수 없다는 듯 뭐?! 왜?! 하고 소리쳤다. '한편 불가리아에서는 샐러드처럼 못생겼다는 말을 사용한다고 한다.' 이 문장이 끝났을 때는 나 역시 못 참고 소리를 지르고 말았다. "샐러드가 어디가 못생겼다는 거야, 대체?!" 한편 스페인에는 '양파가 울고 갈 만큼 못생겼다', '땀내 나는 양말로 아버지를 때리는 것보다 더 못생겼다' 같은 관용구도 있다고 했다. 나는 마침 읽고 있던 책에서도 비슷한 표현을 발견했던 것을 생각해냈다. 일본에서는 배꽃이 못생겼다고 생각해서 '그 사람은 배꽃처럼 못생겼다'처럼 사람을 모욕하는 데 쓴다는 것이었다.

어처구니없음으로 인한 차 안의 활기를 뒤로 하고 나는 창밖을 보며 나대로 기분이 무척 좋아졌다. 못생김을 이렇게 제멋대로 정의해버리다니, 나도 아무 맥락 따위 없이 내 맘대로의 이미지로 못생김을 결박해버리고 싶었다. 오징어, 메주, 배꽃, 샐러드, 스패너가 든 바구니라……. 나는 어떤 이미지를 가져다가 못생김의 마스코트로 지정해볼까.

제법 공을 들여 얼마간 생각하고 난 뒤 나사NASA의 탐사선이 찍은 목성의 표면으로 결정했다. 얼마 전에 웹 서핑을 하면서 우연히 보았다가 기겁을 했던 기억이 났기 때문이다. 기술이 발전함에 따라 탐사선의 촬영 해상도도 점점 좋아지는지 목성의 표면은 내 기억보다 한층 징그럽고 기괴하고 불쾌했다. 그래, 못생김의 마스코트로 적격이다.

생각난 김에 다시 한번 검색해보려고 나도 스마트폰으로 목성을 검색해 한 블로그에 들어갔다. 거기엔 목성의 징그러운 사진들이 여러 장 나열되어 있었다. 인상을 찌푸리면서 스크롤을 내렸다. 그리고 사진들의 맨 밑에 아주 짧은 문장을 발견했다. 거기엔 이렇게 적혀 있었다.

'너무 아름답다.'

웬일인지 나는 또 농락당한 기분이 들었다.

생일에 쓰는 글

안 그러려고 해도 매년 생일이 다가오면 조금 긴장이 된다. 굉장히 복잡한 긴장이다. 생일이 별거냐는 심드렁함, 그래도 어쩐지 그날을 특별하게 보내야 할 것만 같은 강박, 아무도 찾지 않고 아무 약속도 없는 하루를 보내게 될 때 느끼게 될 쓸쓸함, 억지스럽게 가장할 게 분명한 태연함에 대한 불안, 그 밖에 마치 이름 없는 떠돌이별처럼 뭐라고 불러야 할지 모르겠는 자잘한 감정들……. 그 복잡한 긴장감에서 홀가분하게 빠져나올 수 있는 가장 좋은 방법은 생일에 일을 하는 것이었다. 언젠가부터 나는 생일에 계속 일을 해왔다. 2021년의 생일날에는 무주 산골영화제에 참석해 노래를 불렀다. 화창하고 뜨거운 태양이 내리쬐는 오후 4시, 신록이 우거진 무대에 터벅터벅 오르며 나는 이 나이에도 생일을 의식하며 일로 도망치는 나를 유치하고 안

쓰럽게 여겼다. 그럼에도 나는 내 나이를 꾹꾹 생각한다. 이 숫자를 잊지 않기 위해서다.

나이를 잊고 사는 것이 젊게 사는 비결이라는 익숙한 통념이 있지만 나는 그렇게 생각하지 않는 사람이 되었다. 오히려 반대로 나이는 가능하면 잊지 않으려고 노력해야 하는 수라고 생각하고 있다. 그런 생각은 달리기를 시작하고 나서부터 부쩍 들었던 것 같다.

나는 달리기를 무척 좋아한다. 잘 뛰지는 못하고 그나마 요즘은 바빠서 자주 뛰지도 못하지만, 그래도 시간과 마음이 내킬 때마다 어떻게든 달리려고 한다. 2년 가까이 달리기와 친근하게 지내면서 자연스럽게 습득하게 된 기술 중 가장 기본으로 생각하고 있는 것은 내가 얼마나 달릴지(달리고 싶은지) 대략적으로라도 미리 가늠하는 일이다. 나는 한창 신나게 달리던 시절 2~3일에 한 번씩 7킬로미터 정도를 달렸다. 다 달리는 데에는 40~50분 정도가 걸렸다. 쉬지 않고 40~50분, 7킬로미터 정도를 달릴 수 있는 몸이라는 것을 의식하며 해야 하는 일은 소위 페이스 조절이라고 하는 것이다. 나는 머릿속으로 처음과 중간, 그리고 마지막의 상황을 생각하면서 내 몸이 품고 있을 에너지를 배분한다. 듣고 있는 노래가 유난히 신이 난다고 초반부터 전

력 질주를 하면 금방 지치는 바람에 목표했던 거리를 달리지 못하게 되고, 그렇다고 계속 몸을 지나치게 사리면 그것은 그것대로 아쉬운 달리기가 된다. 그때 나의 달리기가 넘치지도 모자라지도 않게 도와주는 것은 달리기 어플이 알려주는 숫자다. 한 발 한 발 내딛고 있으면 어플은 이어폰을 통해 내가 달린 거리를 1킬로미터 단위로 알려준다. 1킬로미터, 2킬로미터, 3킬로미터……. 그 숫자는 내가 달려온 거리이자 내게 남아 있는 거리를 알 수 있는 척도이기도 한데, 나는 이것이 생일의 기능과 비슷하다고 여긴다. 내가 살아온 시간, 그리고 동시에 내게 남아 있는 시간을 대략 알려주는 수. 인생을 달리는 일에 비유하는 것을 영락없이 진부하다고 생각해왔지만 막상 달리는 경험을 하고 나서야 분명하게 알았다. 이만한 비유는 없을 것이라고. 아니, 그 정도가 아니라 달리기와 인생은 지나치게 흡사해서 비유조차 할 수 없을 지경이라고 말이다.

기왕 달리기에 대해 말하게 되었으니 달리기와 인생 모두에 동일하게 적용되는 기술을 하나만 더 말해보겠다. 그것은 옆에서 달리는 다른 사람들에게 신경 쓰지 않는 것이다. 이것 역시 너무나 뻔한 말이지만 엄연한 기술이다. 제법 어려운 일이기 때문이다.

달리다 보면 매번 누군가가 나를 추월하곤 한다. 또 조금만 힘을 내면 금방 따라잡을 것 같은 사람의 뒷모습을 발견하기도 한다. 그럴 때 무리해서 페이스를 올렸다가 방전되어, 원래는 달려야 할 거리를 터덜터덜 걸었던 적이 많았다. 나를 쌩 하고 앞질러 간 사람에게 휘둘리지 않고 달리던 페이스대로 차곡차곡 달리다 30분 뒤에 내가 그를 추월하는 일도 자주 있는 일이었다.

그러나 나는 사실 누군가로부터 추월당한 적도 없으며, 내가 누군가를 추월하는 일도 없었다는 것을 자연스럽게 깨달았다. 우리는 그저 달리는 지면만을 공유하고 있을 뿐이었다.

우리가 달리면서 마주하는 앞설 때의 우쭐함도, 뒤처질 때의 분함도 그저 그 순간이 잠깐 만들어내는 정확하지 않은 가짜 감정이다. 나이로 바꾸어 생각해도 마찬가지다. 오늘 내가 누군가보다 젊다고 해서 우쭐할 일도, 누군가보다 늙었다고 해서 비참할 일도 아니다. 오늘 내가 누군가보다 젊어 득을 보는 일이 있었다고 해서 특별히 행운이라고 생각할 것도 없다. 언젠가 나는 누군가보다 늙어 실을 볼 것이기 때문이다. 우리는 똑같이 달리는 중이지만 우리의 출발선상과 결승 지점은 제각각 다르다. 거기에서는 남과의 비교에서 오는 우월감이나 비참함은 불필요하며 오로지 자기 자신의 현재의 상태를 파악하고 앞날을 슬기롭게 마주하기 위한 고민만 필요할 뿐이다. 그리고 이 고민에 있어서라면 나이가 적은 사람도, 많은 사람도 같은 트랙을 달리며 얼마든지 함께 이야기 나눌 수 있다고 생각한다.

나는 몇 살까지 살게 될까?

생일을 맞이한 오늘, 내가 살아온 시간을 돌아봄과 동시에 남은 시간도 대략 가늠해보며 나의 현재를 정비한다. 요즘 새롭게 느끼는 흥미와 관심을 들여다보고 내가 가장 크게 느끼는 쾌락인 '운동하는 삶'과 '많이 읽는 삶'에 얼마나 충실하게 임하고 있는지도 점검해본다. 내가 소홀하게 대처한 것들에 대해서는 시간을 들여 반성하고 다시 마음을 다진다. 어쩌면 나보다 나를 더 잘 아는, 사랑하는 친구들의 조언을 하나씩 떠올리며 지금의 내 호흡과 몸의 리듬을 체크한다. 자잘한 문제들이 느껴지지만 다행히 아직까지는 큰 삐걱거림 없이 잘 달리고 있는 것 같다. 매년 6월 11일 알람이 울릴 때에, 여전히 씩씩하게 호흡하는 사람으로 살고 있었으면 한다.

4

아름다운
생의
동작

세상에서 가장 안전한 과일

가을이라는 계절의 인식은 감과 함께 온다.

무심코 들른 마트에 반들반들한 감들이 고양이 뒤통수마냥 동글동글 놓여 있는 것을 볼 때, 나는 가을이구나, 이제는 꼼짝없이 가을이 되었구나 하고 가슴이 벅차오른다.

감에도 품종이 많다. 단감에는 부유, 태추, 로망, 감풍, 조완, 원미, 연수, 조추, 감추 등이 있고 홍시에는 갑주백목, 청도반시, 상주둥시, 금홍동시, 산청단성시, 월하시, 수홍 등이 있다고 한다.

나는 홍시를 무척 좋아한다. 가을에는 늘 집에 홍시가 끊이지 않도록 구비해두고 하루에 하나씩 먹는다. 홍시 대신에 연시나 반시가 있으면 그것을 사기도 한다. 감을 먹을 때는 많이 먹지 않기 위해 노력한다. 변비에 걸리기 십상이기 때문이다.

나는 감나무도 좋아한다. 감나무는 정말 아름답다. 열매가 주렁주렁 달려 있는 감나무는 보는 것만으로도 행복해진다. 감나무 아래에서는 어김없이 감을 먹으려는 사람들의 귀여운 버둥거림이 있다. 맨 꼭대기의 감 몇 개는 새를 위해 남겨놓는다는 오래된 전통도 좋아한다. 인간과 동물이 공평하게 풍요를 나누는 일이 적어도 감나무 주변에서는 이루어지고 있는 것 같다.

나는 가능한 매일 과일을 먹는 것을 내 인생의 중요한 복지로 여기고 있다. 사계절 내내 제철 과일을 책임감을 가지고 챙겨 먹으려고 노력한다. 그러나 과일을 사는 일은 불안할 때가 많다. 맛없는 과일을 사게 될 수 있기 때문이다. 그래서 나는 사과 앞에서, 딸기 앞에서, 수박 앞에서, 복숭아와 배 앞에서 잔뜩 긴장한다.

그러나 나는 감을 살 때 불안하지 않다. 아무거나 사도, 어디에서 사도 감은 한결같이 달고 맛있다. 감은 정말 안전하다. 감을 사는 것처럼 인생을 살고 싶다. 이것 집었다가 저것을 집었다가, 통통 두들겨보다가, 냄새를 맡아봤다가 하면서 불확실과 씨름하는 일 없이 아무렇게나 선택하고 그게 매번 성공해서 무조건 신났으면 좋겠다.

좋아하고 싶어 하는 마음

며칠 전, 최수진 작가의 개인전 〈Fruity Buttercream〉을 보러 갔다.

갑자기 부쩍 추워진 날씨 탓에 코트의 깃을 세우고 목을 잔뜩 움츠린 채 걸었는데, 몸의 기억은 얼마나 무서운지 그 포즈 때문에 프랑스의 오랑주리 미술관에 가던 때가 갑자기 떠올랐다. 너무 추웠던 당시의 계절과 그만큼 따뜻함을 제공했던 실내, 노곤히 잠까지 오던 상태로 한참 동안 바라보고 또 바라보고 다시 바라보았던 모네의 수련 그림. 물소리처럼 낮고 잔잔하게 울리던 소음들……. 모네는 정원에 진심이었던 것 같다. 그래서 집에 연못도 들여놓고 정성껏 정원을 가꾸고 그 연못에 핀 수련을 반복해서 그렸겠지. 예술가의 편애가 결국 자신의 예술을 통해 그렇게 들통난다는 게 귀엽다.

전시장에 도착하자 수진 씨가 나를 기다리고 있었다. 늦어서 죄송해요! 내가 외쳤고, 괜찮아요! 하고 수진 씨가 대답했다. 그의 안내를 따라 아담하지만 탁 트인 느낌을 주는 전시장으로 들어서자 마치 누군가의 보물 상자를 우르르 벽에 쏟은 듯 어지럽고 화려하고 커다란 그림이 벽에 걸려 있었다. 바닥에는 알록달록한 천으로 만들어진 각종 문자와 이미지 들이 작은 더미를 이루고 있었다.

즉각적인 즐거움을 선사하는, 그가 섞은 색감을 정말 맛을 보듯이 즐기며 잠시 시간을 보내다 마음을 가다듬고 왼쪽에 있는 그림부터 다시 찬찬히 들여다보기로 했다. 거미줄에 무언가가 잔뜩 걸려 있는 그림. 가까이 다가가 보니 걸려 있는 것은 색의 이름들이었다.

우리 집 근처에 거미줄이 되게 많아요. 그 거미줄에 정말 다양한 것들이 붙어 있거든요…….

수진 씨는 자신의 그림을 더듬더듬 설명했다. 적당한 단어를 찾기 위해 말을 자주 멈추었다. 나는 그것이 무척 자연스럽고 또 지당한 모습이라고 여겨졌다. 수진 씨의 제1 언어는 바로 그림 자체일 것이기 때문이다. 그것을 다른 언어를 사용해 통역을 해야 하는 상황은 당연하게도 매끄럽지 못할 것이다.

나 역시 나만의 언어로 만든 음악을 한국어로 다시 설명해야 할 때(이것은 무엇을 노래한 것인가요? 사람들이 이 음악을 듣고 무엇을 느껴주기를 바라나요?) 예외 없이 머뭇거린다. 그러다 조금씩 말이 유창해지고 뻔뻔해져서 마침내 누가 질문하든 답변들이 청산유수처럼 흘러나올 때, 나는 내가 내 음악을 되레 방해하고 있는 것은 아닌지 씁쓸한 의심을 하게 된다.

마치 외국인과의 대화처럼 수진 씨의 멈춤이 반복되는 설명을 나는 기꺼워하며 들었다. 빈틈과 오해가 확실한 상황에 저항하면서 조금이라도 이해해보려는 노력의 현장을 나는 너무나 사랑하니까 말이다. 그러다 수진 씨가 이런 말을 했다.

그림을 그리는 일은 결국 혼자 해야 해서 별수 없이 외로워지곤 한다고. 그래서 좋아하는 것들을 하나하나 이렇게 그림으로 불러들이게 되고, 그것들이 나를 덜 외롭게 만들어준다고.

그 말을 듣고 나는 그림에 아주 가까이 다가가 커다란 그림 속을 찬찬히 뜯어보기 시작했다.

거미와 개미, 여자들과 태양, 체리와 버섯, 물감, 배와 쥐, 강아지, 뒤로 가기 버튼……. 수진 씨가 좋아하는 것들이었다. 그림의 제목은 〈F-crew〉였다. 좋아하는 것을 잔뜩 소환하고 기록해 '크루'로 만들고 자신의 언어로 자신의 외로움을 달래는 수진 씨의 작업 방식을 생각하며, 이런 식으로 작업을 하기 위해서는 '좋아하고 싶어 하는 마음'이 되게 많아야 하겠다고 느꼈다. 그래야 개미도 거미도, 체리와 버섯도, 모든 색의 이름도 좋아할 수 있을 테니까. 따지고 보면 모네 역시 좋아하고 싶어 하는 마음이 아주 많았기 때문에 수련을 거듭해서 그릴 수 있었을 것이다. 아마도 수련은 모네의 '크루'였을 것이다. 갑자기 수진 씨의 태도(그리고 모네의 태도)가 무섭도록 현명하게 느껴졌다. 나도 나의 '크루'를 만들고 싶어졌다.

'싶다'로 끝나는 대부분의 말에 무책임한 사람이지만 이번엔 달랐다.

그날 밤, 집에 돌아오자마자 나는 늘 들고 다니는 노트를 펼쳤다. 매일 좋아하고 싶어 하는 마음을 그곳에서 단련해보기로 다짐했다. 아름다운 것, 웃긴 것, 고마운 것을 하루 하나씩은 꼭 발견해서 그것을 그려보기로 했다. 나는 집에 돌아오면서 본 한쪽이 살짝 우그러져 있던 달을 그렸다. 그것이 무척 아름다웠기 때문이다.

다음 날에는 진공청소기를 돌릴 때 청소기를 무서워하는 우리 집 털인간이 의자 뒤에 숨어 있는 모습을 그렸다. 고양이의 굽은 등에 펼쳐진 줄무늬를 잘 표현해보고 싶었건만 어째 계속 등에 오버로크를 치는 기분이었다. 또 간단한 산수 계산도 노트 한쪽에 했고(수학도 아름다운 거니까), 박문치가 내 책방에 기증한 파란 하리보 곰 조명도 그려 넣었다. 열심히 음영을 넣어봤지만 그럴수록 귀여운 곰이 무서워지는 일이 일어났다. 나는 그림을 그리면서 자주 웃었다.

매달 한 장씩 노트를 채워보려고 한다. 나는 어떤 '크루'와 함께하게 될지, 또 어떤 '크루'를 반복해 그리게 될지, 그리고 나의 외로움은 이들에게 어떤 도움을 얻게 될지 궁금한 게 많다.

궁금한 게 많아지는 것은 좋아하고 싶어 하는 마음의 대표적인 현상.

벌써부터 흐뭇하다.

털 달린 거울

이사를 했다. 그간 2~3년마다 계속 이사를 해왔지만 그다지 짐이 없어 늘 스스로 이삿짐을 꾸리다가 처음으로 포장 이사를 불렀다. 인부들께서 다 알아서 짐을 포장해주시고 옮겨주시고 풀어주실 텐데 어째서 이렇게 스트레스를 받아야 하는지 알지 못하는 상태로 계속 스트레스를 받았다. 친구가 이사 스트레스가 사별의 스트레스 다음으로 극심한 스트레스라더라 하고 알려주었다. 스트레스의 정도를 그렇게 간명하게 나눌 수 있는 것인지 의문이 잠시 들었지만, 어쨌든 고통스러운 내 상태가 지극히 자연스러운 거라는 말 같아 위안이 되었다.

그사이 짐이 많이 늘었다. 그저 내 행복을 위해 샀던 물건들이었는데 이게 이사를 떠날 때는 이토록 고스란히 불행의 목록이 되다니. 나는 그렇게 충격에 휩싸인 채 밥 먹을 공간, 자는 공간, 작업할 공간만 겨우 확보해놓고 이 글을 쓰고 있다. 함께 사는 고양이들도 나처럼 새집과 아수라장이 된 공간에 스트레스를 잔뜩 받았을 거라고 생각했는데 의외로 광기 어린 눈으로 여기저기를 휘젓고 뛰어내리고 올라타고 있다. 그저 민폐일 뿐인데 자신들은 대단한 모험을 하고 있다고 단단히 착각한 얼굴이 얄미워 죽겠다. 평소 때보다 더 날뛰다 보니 더 빨리 배가 고파지고 그러다 보니 사료와 물을 찾아 먹는 횟수도, 화장실에 가는 횟수도 더 늘었다. 요 며칠 고양이들을 고길동이 둘리 바라보듯 하고 있다. 고양이들이 이토록 껄끄럽게 보이는 것을 보니 내 마음의 상태가 저절로 짐작이 되었다. 사실 그들은 언제나 한결같았다. 그게 내 마음에 따라 개구지게도, 밉게도 보였다. 그걸 진즉부터 알고 있기 때문에 고양이들이 예뻐 보일 때는 나까지 예뻐 보였고 그들이 미울 때는 그 마음을 품은 내가 더 미워서 속상했다.

고양이들을 거쳐 나는 내 마음을 검사받는다.

층간소음

나는 층간소음을 대수롭게 여기지 않는다. 층간소음이 유발하는 스트레스 때문에 위험한 사건까지 발생하는 현실을 감안하면, 다른 건 몰라도 층간소음에 있어서만큼은 내가 제법 너그러운 사람이라고 받아들여도 좋을 것이다.

지금껏 전전해오던 집들에서 타인이 내는 소리들을 어마하게 들으며 살아왔다. 어떤 소리들은 정겹고 아름다웠다. 이를테면 옆집에서 치는 피아노 소리 같은 것. 어설프고 자꾸만 틀리던 연주가 점점 나아지는 것을 들으며 나는 청소를 하다 말고 박수를 친 적도 있었다. 물론 어떤 소리들은 무섭고 고통스러웠다. 경기도 일산의 한 복도식 아파트에서 살던 시절, 나는 소리만으로 한 사람이 다른 한 사람에게 맞고 있다는 것을 알았다. 경찰에 신고하는 손이 덜덜 떨렸다.

지금 살고 있는 집에서 정기적으로 들리는 타인의 소리는 두 개이다. 하나는 오줌 누는 소리. 어느 날인가 친구와 조용히 저녁밥을 먹는데 어디선가 쪼르르르 물을 따르는 소리가 들려오더니 변기 물을 내리는 소리가 이어졌다. 우리는 와하하 웃었다. 친구가 말했다. "방금 소리가 오줌 누는 소리였구나. 너무 청량해서 차라도 따르는 줄 알았지."

또 하나의 소리는 아이의 고성이다. 아주 높고 우렁차다. 어디까지 올라가나 보자는 듯 아이는 쉬지 않고 계속 소리를 지른다. 집에서 그 소리를 들을 때마다 이런저런 생각을 한다. 여자아이일까, 남자아이일까. 저러다 목이 아프거나 잠기진 않을까. 그러던 어느 날 귀가하며 집에 들어서려는데 아이의 고성을 또 듣게 되었다. 바로 옆집에서 들려오고 있었다. 현관 앞에서 들으니 집 안에서 들을 때보다 훨씬 크고 자세하게 들렸다. 그리고 그동안 집 안에서는 듣지 못했던 것을 들었다. 고성과 고성 사이에 너무 행복하고 재미있다는 듯 터지는 아이의 웃음소리였다. 녹음이라도 해서 종종 듣고 싶을 만큼 좋아서 나까지 행복해지는 웃음이었다. 나는 채집하는 마음으로 집 앞에 서서 아이의 고성을(정확히 말하면 웃음을) 오래 들었다. 이제부터는 집 안에 있다가 아이의 고성만 들리더라도 아이의 웃음은 내 쪽에서 상상해낼 수 있을 것이다. 아이는 자신이 소리

지르는 걸 좋아했다는 사실을 금방 잊겠지. 그들은 너무
빨리 자라니까 말이다.

즐거운 아침 식사

부모님과 가까이 살게 되었다. 우리는 1년에 한두 번 보던 사이였다가 옆 동네에 살면서부터는 일주일에 한두 번 보는 사이가 되었다. 주로 함께 하는 일은 밥을 먹는 일이다. 아침을 함께 먹을 때도, 저녁을 함께 먹을 때도 있다. 요리를 잘하고 또 좋아하는 백기녀는 이제 장을 보면서 1인분을 더 생각하는 일이 당연해졌다. 그리고 잘 길러진 제철 먹거리들을 보면 더 크게 기뻐하는 사람이 되었다. 엊그제는 일하는 중에 갑자기 전화가 왔다. 수화기 너머 백기녀의 신나는 용건이 들려왔다. 꽃게가 아주 실하다고. 탕을 끓일 테니 내일 아침에 건너오라고.

음식 냄새가 가득한 집에 들어서는 일은 즐겁고 또 몹시 익숙하다. 내가 어른이 될 때까지 무한히 반복했던 풍경이 다시 펼쳐진다. 빠짐없이 온기가 스며 있는 음식의 냄새,

백기녀의 모자란 손이 되어 요리의 마무리를 돕는 나, 백기녀의 요리 하나하나를 극찬하는 신중택 특유의 묘사, 티브이 소리, 그 식사 자리에 끼고 싶어 연신 두 발로 서서 우리에게 절박하게 매달리는 강아지까지. 그때 우리는 가족이지만 나는 우리가 배우처럼 느껴지기도 한다. 정해진 시간에, 정해진 대사를 계속 반복하는 노련한 배우.

나는 주어진 밥과 반찬을 맛있게 먹고, 신중택에게 몇 번이고 들었던 이야기를 지루한 줄도 모르고 또 경청하며 웃는다. 가끔 몽롱해지기도 한다. 하도 이 순간을 반복하다 보니 내가 지금 스무 살인지, 스물다섯 살인지 헷갈리는 것이다. 그때 백기녀가 내게 누룽지를 건네고, 나는 그릇 너머로 거칠고 자글거리는 백기녀의 손을 보며 정신을 차린다. 그리고 내가 마흔한 살이라는 것을 깨닫는다.

말이 없어진 나를 아랑곳하지 않고 신중택은 다 먹은 식기를 설거지하며 콧노래를 부른다. 백기녀가 따라 부른다. 무슨 노래인지 알 것 같다. 후렴은 나도 같이 부른다.

아아 예엣날이여어. 지난 시이절 다씨 올 수 없나, 그으나알.

너의 말

나는 두 마리의 고양이와 함께 살고 있다. 평소에는 그 둘을 '형'이라고 부르고 대외적으로는 '털인간'과 산다고 말한다. 정말로 털이 북슬북슬한 인간과 다름없다고 느끼기 때문이다. 아마 고양이나 개와 함께 사는 사람들은 내 말을 깊이 이해할 수 있을 것이다. 어느 순간 이들에게서 느껴지는 인간성에 마음이 이상해졌던 경험이 모두 있었을 테니까 말이다.

그러나 아무리 그래도 이들은 인간과 다른 종이고, 그래서 다른 언어를 사용한다. 나는 나와 함께 사는 두 털인간의 말이 자주 궁금하다. 물론 알아듣는 말도 있기는 하지만 어디까지나 감으로 익힌 것이니 확실하진 않다.

고양이들끼리는 사실 음성언어가 특별히 필요 없다고, 고양이가 내는 야옹 소리는 인간과의 소통을 위해 그들이

구태여 내는 것이라고 하는 기사를 읽은 적이 있다. 그 글을 읽고 보니 정말 형들이 자기네들끼리 음성으로 대화를 나누는 것을 거의 본 적이 없다는 것을 깨달았다. 언제나 나를 향해서만 다양한 목소리를 낸다. 그것을 알게 되니 더 답답하다.

생각해보면 고양이의 언어와 개의 언어를 아직까지도 인간이 파악하지 못했다는 게 좀 이상한 것도 같다. 누군가 똑똑한 분이 얼마든지 개 언어, 고양이 언어 전문 번역기를 개발하고도 남을 만큼 현대의 기술은 발전한 것이 아니었단 말인가? 왜 인간은 우주에 메시지를 쏘아 보내며 있는지 확실치도 않은 외계 생명체를 찾고 있는 것일까. 이미 지구에 개와 고양이라는 훌륭한 외계(?) 생명체가 있는데! 이 글을 쓰는 와중에도 형이 날 짧게 부르며 다가와 곁에 누웠다. 방금 그는 날 향해 뭐라고 말한 걸까. '뭐 해'라고 한 걸까. '어이'라고 불렀을까. 설마 '엄마'라고 한 건 아니겠지(만약 맞다면…… 엄마가 되어줄 의향도 있다. 다른 종의 어미가 되는 것은 멋진 일이라고 생각한다).

자연스러운 한국말

지금도 백기녀가 일기를 쓰는지 모르겠다. 아주 옛날 함께 살던 시절 나는 그가 쓴 일기를 몰래 훔쳐 읽곤 했다. 내가 태어난 지 얼마 안 되었을 때의 기록이 아직도 기억난다. 백기녀는 스물네 살, 나는 돌도 되지 않은 갓난아기 무렵의 일이다. 내가 무척이나 울었나 보다. 자꾸 칭얼대는 나 때문에 노이로제에 걸릴 지경인 백기녀의 마음이, 내 울음소리 때문에 잠을 잘 수 없던 신중택이 짜증을 내며 방을 나가버린 것에 대한 서운함과 야속함이 백기녀 특유의 동글동글한 글씨체로 적혀 있었다. 기억조차 존재하지 않아서 도무지 나라고 감정이입이 되지 않는 나라는 아기가 어리고 미숙했던 백기녀를 이렇게 고달프게 했구나. 나는 가슴이 조금 미어졌다.

갑자기 이 기억이 난 것은 최근 본 전시 때문이다.

나는 지역에 행사가 있을 때 하루 묵고 다음 날 그 일대를 달리거나 전시를 보러 가는 것을 무척 좋아한다. 창원에 행사가 있어 내려갔다가 하루 묵고 다음 날 오전 경남도립미술관을 찾았다. 그곳에서는 〈돌봄사회〉라는 전시를 하는 중이었다. 자본주의사회에서 가족 내 사적 활동으로 여겨지며 내내 평가절하되어온 '돌봄'의 가치가 이제는 그 어느 때보다도 중요한 일이 되었다는 것을 예술이라는 도구로 상기하는 프로젝트였다.

그중에서도 임윤경 작가의 〈너에게 보내는 편지〉가 기억에 남았다. 미국(뉴욕)과 한국(서울, 경기, 보성)에서 노동했던 외국인 아이돌보미 분들이 10년 후 그들이 돌보던 아이들에게 보내는 영상 편지였다. '영상 편지의 대상은 특정인뿐만 아니라 0~3세 때의 경험을 기억하지 못하는 관객이기도 하다.' 전시장의 벽에는 이런 문장이 적혀 있었다.

백기녀는 어릴 적 나의 이야기를 할 때면 늘 착한 딸이었다고만 했다. 언제나 엄마를 걱정하고 챙기고 틈만 나면 안마해주는 효녀였다고. 못되게 굴었던 증거를 이미 나는 여럿 알고 있는데도 백기녀는 그런 건 다 잊었다는 듯이 좋았다고만 한다.

모니터 속 여성들도 눈물을 흘리며 좋은 이야기만 했다. 그들은 주로 영어로 말했는데 자주 쓰던 말은 자연스럽게 한국어로 흘러나왔다.

아이 미스 유. 아이 러브 유. 아가. 고마워.

나를 위한 것이나
나의 것은 아닌

이화여대 패션디자인 전공 학생들의 졸업 전시회에 초대를 받았다. 전시장 한쪽에는 학생들이 만든 옷을 입은 모델들의 사진들이, 다른 한쪽에는 마네킹에 입혀져 있는 실제 옷들이 전시되어 있었다. 나는 한동안 옷에 압도당해 다른 생각을 조금도 하지 못했다.

오래전 수영을 배우러 수영장에 두 달 정도 다녔을 때도, 이상하지만 옷에 대해서 정말 많은 생각을 했었다. 내가 입고 온 옷을 탈의실에 벗어놓을 때마다, 나는 마치 나를 벗는 듯한 기분을 느끼곤 했다. 머리카락을 꼼꼼히 수영모 안에 욱여넣고 푸른색 수영복을 입은 채 거울을 보면 그 안에는 내가 아니라 잘못 만들어진 마네킹이 서 있는 것처럼 보였다. 수영장 안에 있는 사람들도 자신을 잠시 벗겨낸 존재들로 보여서 쓸데없이 막막함을 느끼고 그랬다.

만약 우리가 이 상태(벗겨진 상태)로 세상을 살아가야 한다면 우리는 우리의 고유성을 어떻게 표현해야 할까. 나는 선생님의 지시에 따라 물장구를 치면서 그런 생각을 했다.

수영을 마치고 나서도 나는 로비에 앉아 수영장을 나서는 사람들을 자주 구경했다. 허전하고 밋밋하던 사람들이 옷을 갖춰 입고 자기 자신을 되찾아 돌아가는 모습을 보는 것은 언제나 다행스럽고 기분이 부쩍 좋아지는 일이었다.

그때 내가 하던 것이 의복이 제거된 상태에서의 의복에 대한 사유였다면, 이번엔 의복이 과잉된 상태에서의 의복에 대해 사유한 셈이다. 나는 전공자들이 만들고 모델들이 입은 옷을 우러러보듯 바라보면서 옷이 한편으로는 얼마나 우리가 아닌지를 생각했다. 그저 옷은 우리를 작게 구원해줄 뿐이구나. 펄럭이는 옷자락으로 우리의 걸음걸이를 더 멋지게 만들어주고, 꼿꼿하게 고정된 옷의 어깨가 우리의 구부정한 어깨를 대신해준다. 종종 온라인 옷 쇼핑몰을 전전하면서 새벽까지 잠을 이루지 못할 때가 있다. 그때 내가 찾고 있었던 것은 단순히 더 근사하고 아름다운 옷이라기보다 찾아들어가 숨고 싶은 내 볼품없는 육신의 은신처였을 것이다.

나도 가끔은 조성진

나는 어떤 사람인가. 나는 노래하는 사람. 나는 글을 쓰는 사람. 나는 책을 파는 사람. 종종 사람들 앞에 서서 강연을 하는 사람이다. 그리고 거기에 덧붙여, 나는 사인하는 사람이다.

나는 사인을 하면서 혹시 내가 가장 잘하는 것은 사인이 아닐까 하는 생각을 할 때가 있다. 노래를 만드는 것보다, 글을 쓰는 것보다, 사인할 때의 나야말로 진정 전문가 같다고 느끼는 것이다. 나는 스스럼없이 사인을 완벽하게 해낸다. 무대에 뚜벅뚜벅 걸어 들어와 의자에 앉자마자 아무렇지도 않게 완벽한 연주를 시작해버리는 조성진처럼, 나도 사인할 때만큼은 그와 다름이 없는 것 같다. 조성진의 연주가 끝나면 사람들이 환호를 보내듯, 내 사인이 끝나도 사람들은 환호한다. 글씨를 너무 잘 쓴다고. 사인의 모양이 너무 근사하다고.

나는 대체 왜 사인을 이토록 잘하게 되었을까. 이유는 그저 아주 오랫동안, 너무 많이 해왔기 때문일 것이다. 나는 책방에서, 행사장에서, 가끔 음식점 같은 곳에서도 수시로 사인을 한다. 사인본 책을 위해서라면 앉은 자리에서 일곱 시간 동안 멈추지 않고 사인을 하기도 한다. 내가 그동안 해온 사인의 횟수만큼 글도, 노래도, 그 무엇도 반복해본 적 없다. 그 반복이 준 완벽함 속에서 나는 잠깐이지만 쉬는 것도 가능하다.

매출로 책정이 안 되는 매출

나의 책방에 친구 J가 놀러 왔다. 유서 깊은 매거진 P의 편집장인 J는 오자마자 한바탕 푸념을 늘어놓았다. 인쇄비와 종잇값이 올라 제작비 부담이 크다고, 그런데 그만큼의 수요가 없어 힘들다고. 우리는 얼마간 책을 만지는 사람만 이해할 수 있는 넋두리를 나누었다. 피차의 사정에 통달한 두 사람이 서로 끙끙거림을 나누는 일은 좀 고약한 재미가 있는 것 같다. 애환이라는 식재료로 여러 가지 음식을 만드는 기분이 든다. 분명 슬픔을 기반으로 하고 있는데 신도 나고 웃음도 나고 조금 기운도 난다.

조금 있으니 친구 Y도 책방에 모습을 드러냈다. J와 Y와 나는 1년 전 함께 만난 적이 있다. 1년 만에 만난다는 건 비교적 오랜만에 보는 것이라고 봐야 할 텐데 그런 느낌이 전혀 들지 않았다. 마치 한 달 만에 다시 보는 느낌이었다.

1년이 한 달처럼 속절없이 흘렀구나! Y와 함께 새로운 애환이 등장했다. 우리는 반가운 마음으로 시간의 빠르기에 대해, 점점 길어지고 일상화되어가는 코로나19가 만든 새로운 생활 방식에 대해서도 투덜거리기 시작했다.

Y는 오랜만에 집 밖으로 외출한 것이라고 했다. 아주 커다란 가방을 들고 신나게 등장했길래 뭔가 했는데 그 안에는 나와 J에게 나누어 줄 음식들이 가득했다. 시어머니표 김치, 고구마, 호두……. J는 주변 친구들의 도를 넘는(?) 다정함으로 힘든 시기를 견디고 있었다.

"아무리 나랑 친하다고 해도…… 어떻게 이 정도로 자기 일처럼 나를 도와줄 수 있는 건지. 고마우면서도 정말 믿어지지가 않아."

매거진을 그만두고 정처 없이 여행이나 다니며 살고 싶다고 말한 J는 정작 자신의 매거진에 참고하려는 게 분명한 다른 매거진들을 여러 권 구매했다. 나는 순순히 계산해주며 속으로 J는 나중에도 '늙으면 죽어야지'라고 말하면서 건강식품을 제일 열심히 챙겨 먹는 할머니가 될 것 같다고 생각했다.

이날 책방은 하루 종일 한산했지만 마치 장사가 무척 잘된 것 같은 기분으로 귀가했다.

책방에는 이렇게 매출로 책정이 안 되는 매출이 있다.

내 식생활의 점수

나의 식생활에 점수를 매길 수 있다면 몇 점을 매겨야 할까?

일단 50점을 주겠다. 다른 생명을 위해, 지구를 위해, 나 자신을 위해 육식을 지양하는 삶을 선택한 지 햇수로 4년 차가 되어가는데, 이 선택은 내 인생의 여러 선택 중 정말 잘했다 싶은 것 중 하나이기 때문이다. 그 선택에 통 크게 50점을 매기고 싶다. 또한 나는 식재료를 온라인으로 주문하지 않는 편이다. 집 근처의 마트나 시장에 가서 가능한 탄소 발자국이 적은 국내산으로 구매하려 노력한다. 그러한 소비 방식의 선택에도 10점을 주고 싶다.

자 이제 60점. 그리고…… 거기에서 나는 어째 더 나아가지 못한다.

사람의 몸은 채식만 한다고 건강해지지도, 육식만 한다

고 허약해지지도 않는다. 얼마나 균형 잡힌 식단으로 어떻게 잘 챙겨 먹느냐가 실은 가장 중요하다. 그것이 관건인 영역에 진입하면 기껏 매겨진 내 60점의 점수가 되레 깎일 상황이다. 툭하면 끼니를 넘기고 늘 채식주의자가 아니라 분식주의자처럼 먹기 때문이다.

이러한 생활에 회의감이 들 때마다 요리책을 본다. 최근에는 『오늘부터 우리는 비건 집밥』이라는 요리책을 열심히 보고 있다. 며칠 전 그 책에 나온 한 요리를 따라 해보았다. 그것은 다름 아닌 채수. 야채와 해조류만으로 만들어내는 밑 국물.

시간이 오래 걸리는 요리였다. 먼저, 파와 양파를 에어프라이어에 오랫동안 굽고, 뒤이어 무와 건표고, 청양고추, 다시마 등과 함께 한 시간 반 동안 푹 끓여내야 한다. 아무 약속도 일도 없던 어느 날, 조조영화를 보고 장을 보고 집에 돌아와 하루 종일 채수를 우려냈다. 구룩구룩 차분하게 끓고 있는 냄비 옆에서 책을 읽으며 기다렸다가 완성된 채수를 먹어보았다. 잘 우러난 채수에서는 오뎅 국물 맛이 난다고 책에 쓰여 있었는데 정말 그랬다.

든든히 끓여놨다고 생각했는데 몇 끼니를 먹으니 고새 동이 났다. 앞으로 쉬는 날마다 틈틈이 채수를 끓여두려 한다. 내가 먹을 음식의 국물을 오래 우려내 그것으로 요리를 하니 이루 말할 수 없는 떳떳함이 차오른다(이 마음은 밀 키트로 조리한 음식을 차마 내가 만들었다고 말하지 못하는 부끄러운 마음의 대척점에 있다).

그래서 현재 내 점수는…….

7일

소위 '확진자'가 되어 일주일간 격리 생활을 마치고 나서 돌아보니 7일이라는 시간의 길이가 되게 애매하게 여겨졌다. 긴 시간이었다고 말하기엔 객관적으로 사실이 아닌 것 같고 짧다고 하기엔 주관적으로 사실이 아니었기 때문이다. 마침 하나님이 태초에 천지를 창조하실 때 딱 7일이 걸렸다고 하니 7일이라는 시간은 뭔가가 창조되기에 적절한 시간이라고 정리하는 게 좋겠다. 아닌 게 아니라 나에게서도 그동안 뭔가가 창조된 것 같은 기분이 든다. 신께서 천지를 창조하실 때 만물이 주문하신 음료 나오듯이 재미없게 생겨나진 않았을 것이다. 나름대로 제 본질에 어울릴 만한 다이나믹들이 있지 않았을까. 나는 지난 7일간 아주 아주 많이 잤다. 그동안 폭발적으로 꿈을 꾸었는데 그 꿈들의 서사는 완전히 뒤죽박죽 엉망진창이어서 웬만하면 꿈을 잘 기억하는 나조차 일일이 기억할 수 없을 정도였다. 그것이 말하자면 내 안에서 뭔가 창조되면서 겪어야 했던 지각변동이었던 것 같다.

그래서 나에게 7일 동안 무엇이 창조되었나. 길게 말할 것도 없다. 통증들이다.

바야흐로 첫째 날은 가장 신선한 통증과 함께 시작된다. 비인두 도말 채취 시 면봉이 코 안 깊숙이 들어오며 느끼는 통증을 표현하는 단어가 있는지 모르겠다. 두통, 생리통, 복통처럼 비인두통이라고 해야 하려나. 신속 항원 검사를 받으면서 나는 팔을 버둥거렸다. 코로 들어간 면봉이 내가 예상할 수 없는 곳으로 들어가는 기분이 들었다. 면봉이 입으로 나오거나, 뇌의 일부를 건드리거나 하는 비상식적인 일이 일어날 것만 같은 강력한 예감이 들 때쯤 검사가 끝났다. 검사를 마치고 뒤돌아 나오며 콧등을 감싸 쥐었다. 그러나 정말로 아픈 곳은 그곳이 아니었다. 앞서 나는 두 번의 PCR검사를 받은 적이 있는데 그때도 그랬다. 그러니까 일단 손으로 콧등을 감싸 쥐고는 있는데 통증은 비강과 인후를 너머 어딘가에서, 솔직히 말해 나도 어딘지 정확히 모르겠는 곳에서 느껴졌다. 존재하지만 찾을 수 없는 그곳. 혹시 거기가 바로 '빈정'이라는 곳일까? 한번은 친구와 같이 검사를 받던 날 그에게 이렇게 물었더랬다. 혹시 너도 나처럼 빈정 상하는 기분으로 아프니……? 실제로 마포의 한 선별 진료소에서는 PCR검사를 받던 사람들이 '뇌에 구멍 나면 책임질 거냐'라며 간호사에게 행패를 부린 사건이 있었다. 2021년 크리스마스 이브에 보도된 일이었다.

일주일치의 약을 조제받아 바로 집으로 돌아왔다. 병원에서 발급받은 진료 확인서를 사진 찍어 매니저에게 전송했다. 당장 그 주에 잡혀 있던 공연 하나를 뒤로 미루어야 했다. 나 때문에 다른 공연진과 스태프들, 티켓을 예약한 관객들의 일상에 차질이 생긴다고 생각하니 말할 수 없이 죄송하고 절망스러웠다. 이틀째 되는 날 김홍란이라는 친구에게 '뭐 하니 확진자야'라고 카톡이 왔다. 그는 코로나19에 걸릴까 봐 매일 자가 키트로 테스트를 하고 딱 밤 10시가 되면 전기장판을 켜고 잠에 드는 애였다. 자기 전에는 꼭 쌍화탕도 먹는다고 했다. 김홍란은 자기 자신의 코로나19에는 더할 나위 없이 진지하고 엄격하면서 타인의 코로나19에는 그렇지 않았다. 일주일 동안 브이로그를 찍어보라는 둥, 매일 격리 일기를 써보라는 둥 혼자 신나서 아이템 회의를 열었다가 누적 확진자 천만 명 시대에 확진자 브이로그는 너무 흔한 아이템이라면서 혼자 회의를 정리했다. 격리 일기라니……. 통증 창조가 활발하게 이루어지고 있는 와중에 뭘 기록한다는 것은 언감생심이었다. 나에게서는 다음의 통증들이 창조되었다. 인후통, 연하통, 두통, 고열, 오한, 근육통, 기침, 생리통. 가장 맹렬하게 창조된 통증은 두통과 고열, 근육통이었으며 내 통증의 세계에 후각과 미각의 마비로 인한 통증은 창조되지 않았다.

잠이 쏟아졌다. 계속 아프고 졸렸다. 그런데 그 와중에 해야 하는 일이 너무 많았다. 뭘 먹어야 했고, 설거지를 해야 했다. 화장실에 가야 했고, 씻어야 했고, 약을 챙겨 먹어야 했고, 같이 사는 두 털인간의 밥그릇을 채우고, 그들의 화장실을 치워야 했다. 오한이 드는데도 환기를 하고 청소기를 돌려야 했다. 가까스로 해야 하는 일을 마치면 서둘러 침대로 기어들어가 잠이 들었다. 착용하고 있던 스마트 워치 덕분에 내 수면 패턴이 스마트폰에 고스란히 기록되었다. 나는 하루 평균 열두 시간을 잤지만 그중 깊은 수면은 두 시간도 되지 않았다.

4일째 정도 되었을 때, 활자를 읽을 여력이 생겼다. 갑자기 철학자 김진영의 『아침의 피아노』를 다시 읽고 싶었다. 동기는 단순했다. 나는 아팠고, 그래서 아픈 사람이 쓴 기록을 누구보다 잘 이해할 수 있는 상태일 것이라고 생각했다. 책을 천천히 읽어 내려가다 어떤 문장 앞에서 멈추었다.

> 환자의 삶을 산다는 것—그건 세상과 인생을 너무 열심히 구경한다는 것이다.◆

이 문장 앞에서 그즈음 내가 느끼고 있는 새로운 통증의 정체를 파악할 수 있었다. 그것은 '심통'이었다. 나는 남은 격리 기간 내내 극심한 심통 속에 머물렀다. 외출하지 못하는 집 안에서 세상을 지나치게 구경하면서 사람들이 누리는 일상과, 한시도 쉬지 않고 나를 맴돌며 귀찮게, 더럽게 하는 털인간들과, 그간 차곡차곡 쌓아 올린 나의 체력이 우르르 무너져 내린 상황을 아이처럼 증오했다. 코로나19를 앓고 나면 예전의 몸으로 돌아오지 못할 수 있다는 기사를 읽고는 가장 먼저 내 목소리가 걱정되어 괜히 노래를 불러봤다가, 겁먹은 사람처럼 바들바들 떨리는 탁한 목소리에 눈물도 나오지 않는 슬픔을 느꼈다.

이 글을 쓰는 지금은 격리 해제가 되고 난 뒤 일주일이 지난 시점이다. 통증 창조가 끝난 여운이 아직도 잔잔히 내 몸에 머물고 있다. 목소리는 여전히 비구름이 낮게 낀 날씨 같고, 금방 피곤해져 자고 싶다는 생각이 한낮부터 불쑥불쑥 든다. 그동안 동네를 조금씩 조금씩 걷다가 오

◆ 김진영, 『아침의 피아노』, 한겨레출판, 2018, 255쪽.

늘은 처음으로 다시 달려보았다. 특별히 '브레히트 식'으로 달렸다. 그는 「아침저녁으로 읽기 위하여」라는 시에서 빗방울까지도 두려워하면서 길을 걷는다. 왜냐하면 그것에 맞아 살해되어서는 안 된다고 생각하기 때문이다. 나 역시 달리다가 무릎이 부서져 살해되어서는 안 되겠기에 한 발 한 발 바느질을 하듯이 길바닥에 놓인 작은 돌멩이까지도 두려워하며 달렸다.

누군가는 아픈 둥 마는 둥 하면서, 누군가는 생사의 기로에 접근하면서 7일을 보내고 있다. 그 누구도 '보시기에 좋았더라'로 마무리할 수 없는 일주일이지만, 나의 경우 얼결에 '보시기에 웃겼더라' 정도로는 말할 수 있게 되었다. 코로나19를 피해보려고 혼신의 노력을 다하던 김홍란이 현재 집에 갇힌 채 통증 창조 중이기 때문이다. '너랑 카톡하면서 옮았다'라고 주장하는 그에게 이번에는 내 쪽에서 카톡을 보낼 차례다. 뭐 하니, 확진자야.

아름다운 동작

그날도 나는 죽음에 대해서 아무렇게나 생각 중이었다.

거의 매일 죽음에 대해서 생각하는 것은 나의 버릇 중 하나다. 하는 생각들은 그때그때 다르다. 내가 죽으면 내 동생이 나를 만나려고 마중 나와 있을까 하는 생각을 가장 자주 한다. 혹시 죽어서도 동생을 만나지 못한다면 또 죽어버리리라는 생각도. 한편 눈동자가 너무 아름다운 친구와 이야기를 나누면서는 속으로 만약 이 애가 나보다 먼저 죽으면 이 아름다운 눈알만 내가 따로 챙겨서 보관하고 싶다는 다소 그로테스크한 상상을 하기도 한다. 음악을 듣다가도 죽음에 대한 생각에 불쑥 빠진다. 어쩌면 음악이라는 것은 영혼이 돌아가는 집일지도 모른다고. 그러므로 사실 알고 보면 음악가는 다 목수들이고 다 건축가들이라고. 나는 죽은 뒤에 어떤 음악가의 집으로 입주하면 좋을까, 조빔Jobim의 집에서 영원히 나른하게 사는 것도 좋겠다, 뭐 그런 생각들…….

그날 나는 내가 죽음에 대해 느끼는 감정이 무척 변덕스럽다는 사실에 대해 계속 생각했다. 어떤 날은 죽는 것 따위 조금도 겁나지 않고 아쉬운 것도 없다가, 어떤 날은 죽는다는 게 무섭고 억울하고 끔찍하게 싫어서 몸서리가 쳐졌다. 기왕이면 죽는 일이 전혀 두렵지 않은 상태일 때 죽게 되면 좋겠다. 하필 죽기 싫어서 겁쟁이처럼 벌벌 떠는 와중에 죽음을 맞는다면 그건 정말 모양 빠지는 임종이 될 것이다.

공항이었다. 곧 타게 될 제주도행 비행기를 기다리면서, 초코 우유를 먹으면서, 태양을 받아 반짝거리며 느릿느릿 움직이는 비행기들을 뜻 없이 눈으로 좇으면서 그런 생각을 시시껄렁하게 하고 있었다. 그러다 문자를 하나 받았다.

그 문자 속에는 지선의 죽음이, 상상이 아니라 생생한 현실로 담겨 있었다.

그 문자에 답장을 하지 못했다.

며칠간 각종 기사와 SNS에 지선과의 추억을 이야기하

고 추모하는 글이 이어졌지만 나는 온라인 공간 그 어디에서도 아무 코멘트를 할 수 없었다. 오프라인에서도 마찬가지였다. 그 누구하고도 지선에 대한 이야기를 나누지 않았다. 지선의 생일이었던 다음 날 '지선아, 생일 축하해' 하고 카톡 메시지를 남긴 것이 전부였다.

그러고는 아무것도 하지 않고 방에 가만히 있는 시간을 보냈다. 잠을 잤다. 깨어 있을 때는 잠이 올 때까지 SNS 피드를 새로 고침 하면서 지선의 생전 모습을 물끄러미 쳐다봤다. 책을 읽지 않고, 밥도 잘 먹지 않았다. 달리지도 않고, 요가를 하지도 않았다.

평소에 늘 잔잔하게 발목이 아파서 그것이 달리기 때문이라고 생각했는데 전혀 달리지 않으니까 이상하게도 발목은 더 많이 아파왔다. 결국 참지 못하고 밤늦게 요가원에 찾아갔다.

잘 오다가 갑자기 최근 왜 오지 않았냐는 원장님에게 요새 좀 게을러졌다고 둘러댔다. 원장님은 나 같은 사람이 또 있다고 했다.

"오래 다닌 분이에요. 근데 요즘 집에서 통 안 나오시더라고요. 무슨 일이 있냐고 물었더니, 자기도 잘 모르겠대요."

잘 모르겠다니. 듣고 보니 그것은 내가 찾던 대답이었다.

잠시 아무 말도 없다가 원장님에게 '저도 그래요' 하고 말했다. 네? 하고 돌아본 원장님에게 나는 다시 말했다.

"실은…… 저도 요즘 그분처럼 지냈어요. 오늘도 발목이 아프지 않았다면 그냥 집에서 누워 있었을 거예요. 그런데 저도 정말 잘 모르겠어요. 제가 왜 이러는지."

원장님은 내 발목을 봐주시려던 계획을 그만두고는 갑자기 맥주를 사 오고 과일을 깎았다. 우리는 요가 매트 위에 앉아 새벽 2시까지 별말 없이 맥주를 마셨다.

여느 때처럼 트위터 타임라인을 계속 새로 고침 하면서 휴대전화만 몇 시간째 들여다보다가 지인의 전시를 발견하고 나갈 차비를 한 것은 포스터에 그려진 어항 속 물고기의 알 수 없는 멀뚱하고 외로워 보이는 모습이 반가워서였다.

종로의 한 빵집에서 주전부리로 먹을 수 있는 빵을 선물로 여러 개 사서 가슴에 안고 택시를 탔다. 전시장이 있는 을지로까지는 그리 먼 거리도 아닌데 그 사이에 졸았다. 다 왔다는 기사님의 목소리에 정신 없이 내려서 낡은 건물 안으로 들어섰다. 으슬으슬 추운 기운을 느끼며 음식점과 겸하고 있는 전시장 문을 여니 기름에 오래 볶아진 마늘 향이 온기와 함께 훅 끼쳤다. 향긋하고 따뜻한 음식 냄새를 맡으니 어디 구석에 앉아서 좀 더 자고 싶은 마음이 들었다. 입장료 대신 음료를 하나 시키면 된다고 해서 시그니처로 보이는 음료를 따뜻한 것으로 주문하고 안내에 따라 한 층 위로 올라갔다. 각각의 공간 안에 홀로 깊이 침잠해 있는 물고기들이 어둡고 휑한 공간에서 나를 맞았다.

거울의 방 같았다.

아무하고도 내 감정을 공유하지 못한 채 방에 혼자 멀뚱히 앉아 있었던 나를 마치 거울처럼 보여주고 있는 그림들. 슬픔은 끝끝내 개인적인 것이라는 체념 때문이었을까. 이 슬픔을 설명할 수 있는 정확한 단어를 찾을 자신이 애초부터 없어서였을까. 이 슬픔이 타인에게 어떤 쪽으로든 해석되는 것 자체가 싫었던 걸까. 나는 왜 이러고 있을까.

그림들은 마치 말해주고 있는 듯했다. 너 같은 사람 되게 많을걸. 도처에 있을걸. 혼자 가만히 숨 쉬면서 본인도 어리둥절한 채로 파악이 잘 안 되는 슬픔을 견디는 사람들이 저 밖에, 자기 방 안에 엄청 많을걸.

그림들을 좀 더 바라보았다. 물고기의 풍성한 지느러미와 꼬리가 물속에서 아름답게 출렁이고 있었다. 그래, 물 안에서 사는 존재들을 볼 때마다 이 움직임이 그렇게 아름다웠어. 그런데 이 움직임은 결국 이들의 생활이 아닌가. 이들은 아름다워 보이기 위해 일부러 춤추고 있는 것이 아니다. 그냥 움직이고, 자고, 먹고, 친구들과 무리 지어 왼쪽에서 오른쪽으로 오른쪽에서 왼쪽으로 달려가며 노는 하루의 생활, 하지 않으면 생이 끝나는 기본의 몸짓들이다.

내가 잠시 손 놓고 있던 생의 동작들이 생각났다.

아침에 눈을 뜨자마자 비몽사몽 운동복으로 갈아입던 동작, 음악을 플레이하고 달려나가던 동작, 배가 고파서 허겁지겁 빵을 굽던 동작, 좋아하는 작가의 책을 밑줄 그어가며 읽다가 스르르 잠들던 동작…….

갑자기 좀 전에 주문해놓은 음료가 생각났다.

아래층으로 다시 내려오니 카운터 앞 바에 음료가 놓여 있었다. 커피 위에 두껍게 얹혀 있는 생크림을 작은 스푼으로 성실하게 둠뿍둠뿍 퍼서 입에 넣었다. 오랜만에 힘을 내서 해본 나의 아름다운 동작이었다.

만지고 싶은 기분

개인적인 이유로 제주에서 서울에 올라올 때마다 친구의 집에서 머물고 있다.

이 집에는 개와 고양이가 있다. 어제는 이 집에서 개의 잠꼬대를 구경했다.

거실에서 원고를 쓰고 있는데 어디선가 푸푸 하는 소리가 났다. 뒤를 돌아보았더니 잠을 자는 개가 내는 소리였다. 친구와 나는 웃으며 '꿈을 꾸나 보다' 하고 그 애를 구경했다. 계속 푸푸푸, 푸푸푸푸 소리를 내면서 발을 굴렀다. 소리도 제스처도 점점 격렬해졌다. 마냥 웃기는 마음으로 들여다보던 우리는 혹시 악몽이 아닐까, 깨워줘야 되는 건 아닐까 슬그머니 근심이 들기 시작했다. 그 순간 개가 깨어났다. 몇 초 동안 움직이지도 않고 숨을 고르며 눈만 끔벅거렸다. 혹시 물에 빠지는 꿈이라도 꾸었던 것일까. 잠깐 사이에 그의 눈가에는 어마어마한 피로가 엄습하는 것 같았다. 잠시 뒤 그는 몸을 둥글게 말고 다시 눈을 감았다. 졸려서가 아니라 지친 듯한, 혹은 안심한 듯한 모습으로.

다른 동물과 한집에서 같이 지내며 그들을 곁에서 바라보고 있으면 얘네와 우리가 그닥 다를 게 없다는 깨달음이 치통처럼 온다. 다시 지친 머리를 누이는 개를 바라보면서도 마음이 찌르르했다. '꿈인가. 아 꿈이구나……!' 어안이 벙벙한 채 정신을 차리는 몇 초의 시간, 그리고 엄습하는 안심과 피로. 우리도 악몽을 꾸면 그런 얼굴이 되는데. 너희도 그렇구나. 개의 닫힌 눈 위로 가지런하고 긴 속눈썹이 조금씩 떨렸다.

우리 집에 있는 두 마리 고양이에게서도 인간스러움이 겹쳐 보일 때가 있다. 특히 장난감 낚싯대로 놀아줄 때 그렇다. 봐주는 법이 없는 나 때문에 고양이들은 낚싯대 끝에 대롱대롱 달려 있는 쥐를 결코 잡지 못한다. 알 수 없는 이상한 소리를 내면서 있는 힘껏 점프하지만 쥐를 잡는 데 실패하거나, 자기 몸을 공중으로 너무 극심하게 날려버린 나머지 바닥에 요란하게 나뒹굴게 될 때 그들은 돌연 능청스러워진다. 마치 그런 놀이 따위 애초에 한 적 없었다는 듯 엎어진 자세를 순식간에 고쳐 앉고 날 무시한 채 발바닥을 연신 핥기 시작한다든지, 기지개를 켜면서 갑자기 다른 곳을 두리번거린다. 빙판길에서 넘어진 사람들이 서둘러 짓는, 민망함을 감춘 태연한 얼굴을 고양이에게서 발견할 때마다 나는 또 마음에 이상한 찌르르함이 인다.

개의 잠꼬대 구경을 마친 뒤, 친구와 나는 크래커와 맥주를 준비하고 넷플릭스에 접속했다. 원래 우리는 전시를 보러 갈 계획이었다. 국립중앙박물관에서 추사 김정희가 그린 〈세한도〉를 직접 보고 싶었다. 내가 살고 있는 제주는 오래전 유배 전문(?) 섬이었고, 아주 옛날 김정희도 그렇게 제주에서 벌을 받고 있었다. 그런 스승에게 지성을 다하는 이상적이라는 제자가 있었다. 김정희는 그에게 소나무와 전나무를 그려주었다. '날이 추워진 뒤에야 소나무, 잣나무가 늦도록 지지 않는다는 것을 안다'라는 절절한 메시지와 함께. 나 역시 코로나19가 내린 벌로 반 유배 생활을 하고 있으며, 코로나19라는 추위가 온 뒤에야 마스크 없이 살던 시절이 얼마나 좋았는지 알았다. 끼워 맞춘 감이 있지만 아무튼 이 비슷한 처지의 동병상련을 〈세한도〉를 직접 보면서 누리고 싶었다. 그러나 우리는 갈 수 없었다. 박물관은 코로나19로 인한 휴관이었다.

우리는 〈나의 문어 선생님〉 이라는 다큐멘터리를 보기로 했다.

이 다큐멘터리의 화자는 역시 다큐멘터리 감독인 크레이그 포스터다. 그는 번아웃에서 오는 지독한 스트레스를 계기로 어린 시절 놀이터였던 남아프리카 끝자락의 어떤 바다를 찾아간다. 차가운 바닷속에서 더 또렷하고 명료해진 정신과 감각에 둘러싸여 그는 숲처럼 생긴 아름다운 바닷속을 누빈다. 실제로 그는 '숲에 나갔다', '숲속에 들어갔다'라는 표현을 자주 사용했는데, 길다란 줄기에 야자수 잎처럼 붙어 있는 다시마들이 우거진 바닷속은 정말 밀림 같았다. 그는 그곳에서 신기한 것을 발견한다. 온갖 조개껍질들로 똘똘 뭉쳐진 어떤 덩어리였다. 알고 보니 그것은 문어가 자기 몸에 조개껍질을 붙여 공처럼 둥글게 만 모습이었다. 잠시 뒤 조개껍질들을 내팽개치고 쏜살같이 사라지는 그를 바라보면서 주인공은 이것이 특별한 인연으로 이어질 것임을 직감적으로 느낀다. 그리고 그 예감을 지키기 위해 매일 바다를 찾기로 한다.

문어는 주변 물체에 맞춰 자신의 몸의 색깔과 모양을 자유자재로 바꾸었다. 두 다리로 걷기도 하고, 바닥을 뒹구는 해조류를 따라 하느라 일부러 비틀거리며 굴러가기도 했다. 주인공은 멀찍이서 문어의 그런 모습들을 관찰하는 시간을 보낸다. 그러다 한 달 정도의 시간이 흘렀을 때, 돌 아래 굴 속에 몸을 숨기고 언제나 경계심을 늦추지 않았던 문어는 여느 때와 다른 모습을 보인다. 그 한 달여의 시간은 주인공이 문어를 지켜보는 시간이기도 했지만 동시에 문어가 인간을 지켜본 시간이기도 했다. 문어 나름대로 세운 안심할 수 있는 존재의 기준에 주인공은 자기도 모르게 합격했던 것이다. 내가 봐도 100점이었다. 친해지고 싶은 낯선 존재에게 효과적으로 다가가는 방법에 대해서라면 나도 일가견이 있다. 훌륭한 선생님에게 잘 배웠기 때문이다. 바로 『어린 왕자』에 나오는 여우다. 여우는 어린 왕자에게 이렇게 조언한다.

"나를 길들이고 싶다면……"

매일 찾아올 것. 기왕이면 같은 시간에 올 것. 너무 가까이 다가오지 말 것. 처음에는 멀리서 지켜볼 것. 시간을 두고 조금씩 조금씩 가까이 올 것.

마치 바다에 가기 전 『어린 왕자』를 읽기라도 한 것처럼 주인공은 매우 착실하게 여우의 조언대로 행했다. 그리고 한 달여가 지난 어느 날, 자신을 향해 조심스럽게 팔 하나를 뻗는 문어를 눈앞에서 마주하게 된다.

주인공은 잠깐 동안 그렇게 문어와 접촉한다. 뻗어 나온 문어의 가늘고 길다란 팔이 주인공의 손가락을 부드럽게 훑어나가는 장면은 감동적일 뿐 아니라 매우 로맨틱하기까지 하다.

그 뒤로 주인공이 매일 바다로 출근하는 시간은 1년간이나 이어졌다.

주인공은 문어의 하루의 일부에 언제나 존재했다. 파자마 상어라는 천적에게 팔을 하나 물어뜯기는 것도, 그 고통에 문어가 시름거리는 것도, 그리고 그 팔이 다시 자라나는 것도, 무리를 지어 떠도는 물고기 떼에게 괜히 장난을 거는 것도, 후에 다시 파자마 상어와 붙게 될 때 그를 멋지게 제압하는 것도, 주인공은 곁에서 모두 지켜보았다. 영화의 후반부에는 이 시간들의 결실과도 같은 또 한 번의 환상적인 접촉이 등장한다. 물고기 떼에게 장난을 치던 바로 그날이었다. 몰려다니는 물고기 떼를 향해 팔을 뻗으며 대열을 흐트러뜨리는 놀이를 하다 싫증이 난 문어는 돌연 주인공에게 다가온다. 그리고, 안긴다. 비스듬히 누운 듯한 인간의 가슴팍에 문어가 안긴 채 한동안 둘은 물속에 부드럽게 떠 있었다. 연기라는 것이 성립될 수 없는 상황이라는 것을 생각하면 놀랍도록 비현실적인 광경이었다. 나는 문어를 보며 예의 치통 같은 찌르르함을 또 느꼈다. 당신도 그렇군요. 각별해지고, 그립고, 좋아하는 상대가 생기면 당신도 그렇게 다가가서 만지고 싶어지는군요. 저도 그래요. 저도 정말 그래요.

방역을 위해 서로간에 거리를 두는 일이 점점 더 엄격해지고 있는 나날들 속에서 나는 노상 내가 좋아하는 존재들을 생각한다. 만지고 싶기 때문이다. 마스크를 벗은 채 옹기종기 앉아서 음식을 같이 먹고 술도 같이 마시고 싶다. 파티를 하고 싶다. 손을 만지고, 어깨동무를 하고, 팔짱을 끼고, 웃으면서 등을 때리고, 만나고 헤어질 때 오랫동안 꼭 안고 싶다. 모두의 날숨으로 덥고 습해진 아주 작은 공연장에서 조용히 숨죽인 노래를 부르고 싶다. 누구하고든 아주 가까이에서 이야기하며 그가 눈과 코와 입을 쓰는 모습을 모두 공들여 바라보고 싶다. 나는 그런 생각을 매일 하느라 슬픔과 괴로움에 조금씩 조금씩 익숙해지고 있다.

서로를 느슨하게 안고 춤을 추는 것처럼 보이는 두 사람, 아니, 두 생명은 어떻게 표현할 수 없을 만큼 아름다웠다. 그 모습을 넋을 놓고 바라보고 있는데 허벅지에 묵직한 무게감이 느껴졌다. 어느새 옆으로 다가온 개가 내 다리에 앞발을 대고 나를 올려다보고 있었다.

그렇구나. 너도 나를 좋아해서 이렇게 자꾸 나를 만지는

구나. 이렇게 하루에도 몇 번이고 나에게 오는구나.

나는 문어처럼 손가락을 펼쳐 개의 작은 머리통을 천천히 쓸어내렸다. 이 애의 구불구불하고 짧은 털이 고마웠다.

턱이 시리도록 달고 좋았다

제주 성산일출봉 근처에 위치한 수산리라는 마을, 수산초등학교 바로 앞 작은 점빵을 고쳐 그곳에서 '책방무사'라는 이름으로 책을 판매해오고 있다. 점점 독서인구가 줄어들고 있는 와중에도 책방을 7년째 무사히 운영하고 있는 것은 책방 이름을 운 좋게 잘 지어서일 수도 있겠지만 나는 그보다는 수산리 마을 주민분들의 보호와 배려 때문일 거라고 생각하고 있다. 육지에서 넘어온 낯선 사람을 얼마든지 경계할 수도 있었을 텐데, 어디에선가 제주도 원주민의 텃세가 심하다는 이야기를 들은 것도 같은데, 감사하게도 내가 마주한 것은 호감을 잔뜩 품고 조심조심 다가오는 얼굴들의 빛나는 호기심뿐이었다. 가끔씩 그분들은 책방을 마치는 타이밍에 맞춰 찾아와 막걸리나 맥주를 사주시기도 했다. 만날 때마다 담소가 오고 가는 즐거운 시간이었다. 그럼에도 그 대화 속 '우리'라는 주어는 철저하게 '제주 사람', '육지 사람'으로 분리되어 쓰였다. 보이지 않는 경계를 느끼면서도 어쩔 수 없는 일이라고 생각했다. 그러다 동네일에 더욱 적극적으로 임하고, 막걸리와 맥주를 같이 마시는 빈도수가 더욱 잦아지고, 수산리에서 보내는 시간이 하루하루 성실하게 늘어나면서 '우리'라는 말 속의 분명한 경계선이 슬그머니 흐릿해진 것을 알았다. 수산리라는 동네의 구성원이 된다는 것은 비단 그 동네 사람들과만 '우리'로 묶이는 일이 아니라는 사실도 깨달았다. 나는 그 땅에서 자라는 다른 생명들과도 '우리'가 되는 경험을 했다.

책방에서는 지난여름에 책이 아닌 다른 것을 판매한 적이 있다. 그것은 초당옥수수였다. 책방무사의 고객들에게 책방이 자리하고 있는 곳에서 어떤 작물이 자라고 있는지를 소개하고 수산리 농가에도 조금이나마 보탬이 되고 싶었다. 수산리 주민분들도 흔쾌히 반겨주셨다.

내가 초당옥수수에 대해 알게 된 첫 번째 사실은 두부로 유명한 초당이라는 지역과는 아무 상관없는 품종이라는 것이었다. 다소 허탈하게도 '초당'은 그저 당이 너무 많다는 뜻이었다. 그 외에도 내가 초당옥수수에 대해 알게 된 것들이 제법 된다고 조금 우쭐대고 싶은데 그래도 될까? 왜냐하면 나는 판매 대행만 했던 것이 아니라 키우는 일에도, 수확하는 일에도, 포장하는 일에도 '우리'로 묶인 사람으로 임했기 때문이다.

초당옥수수는 1등만 알아주는 오늘날의 세상처럼 냉정하게 키워야 하는 작물이었다. 모름지기 열매란 주렁주렁 여기저기 열린 모습이 보기에 좋지만, 당도를 집약적으로 몰아주기 위해서는 1등 만능주의적 태도를 갖지 않으면 안 되었다. 중심 줄기 옆으로 새롭게 자라는 순들은 다 뽑아내야 하고, 중심 줄기에 자라기 시작하는 옥수수도 가장 크고 튼실한 한두 개를 남겨놓고는 다 매몰차게 솎아내야 한다. 새순들이야 그렇다 치고 옥수수들을 쳐낼 때는 정말 가슴이 아팠다. 특히 우열을 가리기 어렵도록 크기도 모양도 똑같은 옥수수들 앞에서는 순전히 내 선택에 따라 어떤 애는 살고 어떤 애는 죽는다는 사실 때문에 이 일이 필요 이상으로 부담스럽게 느껴졌다.

한편 수확한 옥수수를 박스에 담는 일을 할 때는 눈이 손에 달려 있다는 느낌으로 임해야 한다. 여러 겹의 껍질 속에 숨듯이 자리 잡은 옥수수 알이 얼마나 튼실한지 일일이 껍질을 벗겨가며 확인할 수 없기 때문에 두 손바닥으로 가만 움켜잡고 예민하게 가늠해야 했다. 겉으로는 멀쩡

해도 막상 껍질을 들추어보면 썩어 있거나 열매가 부실한 옥수수가 있을 수도 있는데 그것 또한 손끝으로 알아내야 할 일이었다. 내 소속사 식구들 몇 명이 제주에 내려와 새벽부터 이 일을 함께해주었다. 초당옥수수는 생산자뿐 아니라 판매자와 소비자 모두가 늦장을 부리면 곤란한 작물이다. 생산자는 아까 말했듯 1등만을 부지런히 챙겨야 한다. 판매자는 수확하자마자 재빨리 포장해서 전국으로 보낼 택배 차에 실어야 한다. 소비자 역시 받자마자 후다닥 먹는 것이 좋다. 시간이 지체될수록 당도가 떨어지기 때문이다. 당도를 지키기 위해서 뒤에서 살인마라도 쫓아오는 듯 정신없이 옥수수를 양손으로 더듬거리고 흙을 털고 줄기를 다듬고 상자에 담아 패킹을 하던 아침을 생각하면 지금도 숨이 가빠온다.

짧지만 잊을 수 없는 기억은 또 있다. 수확을 코앞에 앞둔 때였는데 날씨가 협조적이지 않았다. 하늘은 계속 흐리고 비가 추적거렸다. 내 공연 날 비가 올 때도 이만큼 속상하지는 않았는데. 하루 종일 일이 손에 잡히질 않았다. 그저 잠깐 일손을 도왔을 뿐인 나조차도 궂은 날씨에 발이 절로 동동거려지는데 농부들의 마음은 오죽할까 싶었다. 그래도 농부의 마음은 끝내 건강할 것 같다는 뜬금없는 생각도 들었다. 아무리 노력해도 내가 어찌할 수 없는 일이 있다는 사실을, 살면서 꼭 배워야 할 체념의 개념을 자연으로부터 배울 테니 말이다. 나는 늘 체념을 나로부터 배워야 했다. 나는 왜 해도 해도 안 되지? 왜 나는 늘 부족하지? 나는 왜 이 모양이지? 내가 그동안 학습한 체념에는 그래서 언제나 자기혐오라는 나쁜 버릇이 동반되곤 했다.

나는 책방에서 비가 추적거리는 낮은 하늘을 올려다보며 '우리 옥수수 어떡하지' 하고 생각했다. 그러면서도 하늘이 주는 건강한 체념을 배우려고 노력했다.

그래, 어쩌면 옥수수 농사를 망칠지도 모르지. 그래도 이건 우리의 잘못이 아니야.

주문해준 분들께 배송을 마치면 그것으로 일이 끝날 줄 알았지만 오산이었다. 그때부터야말로 나와 초당옥수수가 하나가 되는 순간이 시작되었다고 할까. 옥수수가 너무 맛있다는 피드백을 접할 때면 몸이 너무 가벼워 떠오를 것 같았고 그러다가도 한 번씩 옥수수 일부가 썩어 있었다는 피드백을 접할 때면 갑자기 바닥으로 곤두박질치는 것 같았다. 옥수수가 맛있다는 말이 책방이 맛있다는 말 같았고 옥수수가 상태가 좋지 않았다는 말이 마치 책방 상태가 좋지 않다는 말처럼 들렸다.

나와 더불어 수산리 초당옥수수를 보살펴준 옆집 카페 사장님이 책방 뒷마당에서 불을 피웠다. 상품 가치가 떨어져 판매하지 않았던 초당옥수수들을 한 아름 받아와 껍질을 벗기고, 불 위에 팬을 올려 버터를 녹인 뒤, 옥수수를 가볍게 구웠다. 기진맥진한 나도, 책방 안에 있던 손님들도 달큼하고 구수한 냄새를 맡고 뒷마당으로 모여들었다. 나무젓가락에 옥수수를 꽂아 사람들에게 나누어 주고, 나도 먹었다. 그제야 제대로 맛본 첫 초당옥수수의 맛이었다.

'우리'의 당도는 턱이 시리도록 달고 좋았다.

5

의외의
재미

우리의 카페

얼마 전 자주 가던 카페가 문을 닫았다. 13년간 운영하던 카페였다. 나는 그곳에서 주로 책을 읽거나 글을 썼다. 가끔 업무 미팅을 하기도, 어떨 땐 그저 망연히 맥주 한 병을 홀짝이기도 했다. 거기엔 책이 적당히 많았다. 허투루 놓인 책은 없었다. 한 권 한 권이 살면서 꼭 한 번은 누군가로부터 읽어보라 추천받은 기억이 있는 책들이었다. 나는 그곳을 드나들며 글을 써서 몇 권의 책을 냈다. 책이 나오면 꼭 카페에 한 권을 들고 찾아가 덕분에 책을 집필할 수 있었다고 말하며 사장님께 감사를 전했다. 내 책이 한 권 두 권 카페 안의 다른 책들과 어우러져 머무는 것을 보는 것만으로도 영광스러웠다.

사장님은 13년간 카페를 운영하시면서 딱 3일을 쉬었다고 했다. '한동안 아무것도 안 하고 쉬고 싶다'는 그분의 바람은 조금의 엄살로도 애매한 비유로도 들리지 않았다.

내 주변에는 나보다 더 오래된 단골들이 있다. 그곳에서 나와 비교가 안 될 만큼 더 많은 책을 쓴 작가도 있고, 점심시간마다 들러 막간의 휴식을 취하던 출판사의 직원도, 심심할 때마다 들르던 동네 주민 디자이너도 있다. 우리는 카페의 마지막 영업 전날 다같이 만났다. 함께 돈을 모아 산 케이크와 선물을 챙겼다. 케이크에 불을 켤 초 하나 꽂는 것을 잊지 않았다. 케이크에는 '우리들의 커피발전소 2009-2021'라는 글자가 담담하게 적혀 있었다. 조심조심 카페 안으로 들어서는데 가슴이 쿵쿵 뛰었다. 슬프고 아쉬워야 할 날인데 이 멈추지 않는 설렘과 긴장은 무엇인지 내심 계속 당혹스러웠다. 우리 모두 그런 것 같았다. 이상하게 다들 흥분했고 들떠 있다가 각자 준비한 짧은 편지를 읽으면서는 눈물을 겨우 참거나 참지 못했다. 내가 모르는 많은 단골 손님들이 카페 안의 이런저런 물건과 화분을 하나씩 자기 몫으로 챙겨 갔다고 한다. 나는 매일 오후 6시면 들을 수 있는 〈세상의 모든 음악〉이라는 방송을 슬그머니 챙겨 왔다. 사장님은 매일매일 내키는 대로 장르 불문의 음악을 듣다가도 오후 6시가 되면 듣던 음악을 끄고 라디오를 켰다. 이 카페의 손님들은 오후 6시부터 8시까지는 〈세상의 모든 음악〉의 강제 청취자가 되어야 했다.

나 역시 그렇게 길들여진 사람이다. 나는 여전히 집에서 오후 6시를 맞이할 때면 〈세상의 모든 음악〉을 듣곤 한다. 얼마 전에는 역시 이 카페의 단골이었던 뮤지션 H로부터 어딘지 쓸쓸해 보이는 문자가 왔다. 혹시 서울 홍대 쪽에 이곳을 대체할 만한 다른 카페를 찾았느냐고. 그렇다면 자기에게도 알려주지 않겠냐고. 나는 찾지 못했다고 답장했다. 아마 찾을 수 없을 거라고도.

여전히 그곳이 그립다. 〈세상의 모든 음악〉을 들을 때마다 그 그리움이 여전히 살아 있음을 느낀다.

장난치고 싶어

컨디션이 좋지 않아 하루 종일 집에서 쉬었다. 내심 짐작 가는 이유가 있다.

지난 며칠 내복을 입지 않고 돌아다녔는데 그게 컨디션을 매일 갉아먹은 것 같다. 왜 내복을 입지 않았냐면 일단은 세탁기를 돌리지 않아 입을 게 없기도 했고, 아무리 추워도 내복만큼은 입지 않는다는 친구가 있어 이 참에 나도 겨울에 내복 안 입는 멋쟁이가 되어볼까 하는 마음으로 흉내 내고 싶었다.

나는 치아가 약해서 겨울에 마스크를 끼고 입을 꾸욱 다물어도 이가 시리곤 하다. 그게 되게 고통스러운데 며칠 내복 없이 지내보니 아주 온몸의 뼈가 내 이처럼 시릿시릿하고 몸의 깊은 곳에서부터 고장이 나는 것 같았다.

친구가 내복을 입지 않는 이유는 내복을 입는 것이 괜히 세상에 지는 것 같기 때문이란다. 이 추위를 내복 없이 견뎌낼 수 있다는 점은 정말 대단하다고 생각하지만 세상에 지는 것 같다고 느끼는 마음은 바보 같다고 생각한다(그래서 실제로 친구를 놀리곤 한다). 그러나 동시에 그것은 너무나 공감할 수 있는 마음이기도 하다. 달리기에 있어서라면 친구와 똑같은 마음을 먹고 있기 때문이다. 나 역시 달리지 않는 날들이 어영부영 길어지면 마치 내가 세상에 지는 것만 같다. 그런데 어떤 세상? 실상 세상은 내가 달리든가 말든가 관심도 없을 텐데. 결국 내가 생각하는 세상이란 나 자신에 다름 아닐 것이다. 이 천상천하 유아독존을 어쩌면 좋지?

세상(자기 자신)과 싸워 이긴다(진다)는 말은 어떻게 생각해도 좀 이상하다. '싸운다'는 전제 속에서는 말이다. 그러나 이기고 지는 대상이 동일하다는 이상함을 크게 깨달아버린 사람 중 어떤 사람들은 갑자기 확 늙어버리거나 생의 의욕을 잃은 것처럼 무기력해지기도 하니, 싸우던 관성을 갑작스레 깨끗이 멈추는 것도 위험해 보인다. 이럴 땐 장난치는 마음이 유용할 수도 있겠다. 장난으로 이기고 또 지고. 장난으로 기쁘고, 장난으로 분하고.

아직 이 종교의 이름은 없다

나는 다섯 살 무렵의 어느 날 내 발로 어떤 집에 찾아간 적이 있다. 마당이 있는 하얀 단층 건물이었다. 마당에는 내 또래의 아이들이 있었고 몇 명의 어른들도 있었다. 거기서 까무러칠 만큼 즐거운 시간을 보냈다. 거기 있던 한 잘생긴 어른이 나에게 일요일마다 놀러와, 하고 말했다. 나는 그길로 집에 가서 부모님께 이제부터 일요일마다 갈 데가 있다고 선언하듯 말했다. 어딘데? 백기녀와 신중택이 물어도 나는 대답하지 않았다. 어딘지는 나도 몰랐기 때문이다. 돌아오는 일요일 내 뒤를 몰래 따라온 부모님은 그 갈 데라는 곳이 교회라는 것을 알았다. 나는 예배를 드리다 우연히 창문 밖에서 나를 훔쳐보며 킬킬거리던 백기녀와 신중택을 보았다. 예수님도 사탄도, 천국도 지옥도 몰랐던 나는 무작정 잘생긴 어른의 말 한마디 때문에 일요일마다 빠지지 않고 교회에 나갔다. 그 잘생긴 어른은 '전도사님'이었는데 나는 그 전도사님을 진심으로 사랑했던 것 같다. 소풍처럼 놀러 간 숲에서 전도사님과 다른 여자애들과 함께 찍은 사진이 아직도 있다. 사진 속 전도사님은 알이 두꺼운 금테 안경을 끼고 있다. 턱에는 푸릇한 수염 자국이 나 있다. 한여름의 소풍날인데도 고루한 청록색 양복을 재킷까지 챙겨 입은 채 여자애들의 뒤에서 인자한 미소를 지으며 카메라를 바라보고 있다. 저 남성을 왜 좋아했을까. 좋아했던 사람을 시간이 흘러 다시 떠올릴 때마다 매번 충격을 받고 내가 좀 싫어진다.

비록 한 남성에게 매료되어 교회에 다니기 시작했지만 아무튼 내가 직접 선택했다는 점에서 나는 종교에 있어 주체적인 사람이었다. 중3때 조금 먼 곳으로 이사를 하면서 예전에 다니던 교회에 다닐 수가 없게 된 나는 주체성을 다시 한번 발휘했다. 동네 보습학원에 다니게 된 첫날, 옆자리에 앉은 애한테 "너 혹시 교회 다니니? 그럼 나 좀 너네 교회에 데려가지 않겠니?" 하고 내가 역전도(?)를 한 것이다(조금도 내키지 않아 하던 그 애의 얼굴이 지금도 기억난다).

그 교회를 20대 내내 열심히 다녔다. 그러다 교회가 커지면서 목사와 장로들과 신도들이 편을 나눠 무슨 싸움을 크게 하는 바람에 그만 다니고, 그러고는 예배당 없이 떠돌아다니며 목회를 하시는 목사님을 알게 되어 그분을 몇 년간 따랐다. 그러다가 목사님에게 "목사님, 신은 아무래도 없는 것 같아요. 전 이제 예배드리지 않을래요" 하고는 발길을 끊었다. 그때 목사님은 이런 식의 반항에 굉장히 익숙하다는 듯이 순순히 내 뜻을 받아들였다. 그는 대수롭지 않게 다시 생각나면 와요, 하고 말했다(목사님과는 지금까지 안부를 물으며 지내고 있다).

그때부터 10년 넘게 종교가 없는 사람으로 살았다. 종교가 있다가 없는 채 지금까지 살아온 소감을 간단히 말해보자면 '달리는 자동차 안에서 안전벨트 없이 앉아 있는 기분'이라고 말할 수 있을 것 같다. 아무렇지도 않을 때가 많았고, 편할 때도 있었다. 그러다가도 어느 순간 갑자기 무서웠는데 그 무서움의 강도가 너무 셌다. 그리고 그것이 외로움이라는 것을, 외로워서 슬픈 게 아니라 외로워서 무섭다는 새로운 인과관계를 알게 되었다. 기도를 하고 싶다고 생각할 때가 점점 많아졌다. 가끔은 사람들에게 기도를 할 수 없는 고충에 대해 말하기도 했다. 누군가는 내게 아무에게나 기도해보라고 조언했다. 하늘에, 태양에, 부처께, 알라께, 공자께, 맥주와 담배께 기도해보라고.

나는 교회에 다니면서 내가 믿는 신이 존재하지 않을 수도 있다는 사실을 한 번도 의심해본 적이 없었다. 그 실재를 향해 내가 지녔던 마음은 이제 와서 생각해보면 참 위대했다. 본 적도 없는 존재를 그토록 철석같이 믿었다니. 사랑한다고 사랑한다고 거듭 말하면서 내통해왔다니. 내 인생 전부를 그에게 알아서 하라고 밀어두었다니. 지금은 내게 그것이 없다. 그것 없이 하는 기도는 소꿉장난일 뿐이다. 아무것도 없는 물컵에 맛있는 음료가 담겨 있는 것처럼 마시는 시늉을 하면서 '캬, 시원하다!'라고 말하는 일이다. 그런 일을 해보려고 나는 몇 번이고 손을 모아봤지만 그럴 때마다 얼굴이 빨개져 그만두었다.

나의 소중한 한 친구는 다시 종교를 갖고서 기도를 하게 되었으면 좋겠다는 내 글을 읽고 자신의 SNS에 신은 '입자'로 존재한다고 여긴다는 글을 썼다. 신은 공기 속에서 입자로 떠돌고 있다고. 그래서 먼저 말을 걸거나, 전능한 기적을 행하거나 하지는 않지만 누군가 자신을 부르면 그 입자들이 모여들어서 가만히 귀를 기울인다고.

언젠가부터 나는 죽은 사람들에게 기도하고 있다. 그들은 신은 아니지만 신과 비슷하다.

보이지 않고, 만질 수 없고, 내가 그들을 여전히, 의심 없이 믿고 사랑한다는 점에서 그렇다.

내가 살고 있는 집 거실 한 편에는 죽은 사람들의 사진들이 있다. 내 동생이 있고, 박지선이 있고, 변희수 하사가 있다. 그 밖에 나만 아는 죽은 사람들이 몇 사람 더 있다.

나는 아침마다 그 앞에 서서 손을 모으고 그들의 이름을 부른다. 수현아, 지선아, 변희수 하사님……. 그리고 아무 말을 한다. 중요한 일을 하는데 잘할 수 있게 도와달라고 부탁하기도 하고, 어떤 연유로 고마움을 느낀다는 말을 하기도 하고, 어떤 날은 절을 하기도 하고, 어떤 날은 그 앞에서 요가를 낑낑 하면서 사진들과 오랫동안 눈을 맞춘다.

나는 친구의 '입자론'을 읽으면서 많이 울었다. 기도하고 싶어서 애쓰던 많은 시간 동안, 손을 모았다가 시무룩해져서 다시 풀곤 했던 그 시간 동안 내 주변을 감싸던 입자들의 안타까움이 나를 여기로 데려왔다는 것을 깨달았다. 내가 아침마다 이름들을 속삭일 때, 물끄러미 사진들을 바라볼 때, 어디서든 그들을 생각할 때, 내 주변의 입자들이 촘촘해진다는 것을 옛날의 내가 그랬듯이 진심으로 믿을 수 있을 것 같다고 생각하자마자 나는 종교가 있는 사람이 되었다. 그게 뭐야, 하고 누군가 야유를 하더라도 어쩔 수 없다. 처음에 말했듯이, 나는 종교에 있어서는 주체적이니까. 아직 이 종교의 이름은 없다.

아침부터 투쟁

주로 아침에 조깅을 해오던 나는 겨울이 되면서 달리는 횟수가 현저히 줄어들었다. 추위의 영향이 없다고는 할 수 없지만 그보다 더 큰 이유가 있다. 그것은 나와 함께 사는 두 털인간 때문이다. 약 6년째 함께 사는 우리는 처음부터 이렇지는 않았던 것 같은데 살면 살수록 두터워지는 정과 겨울철 한결 냉랭해진 실내 온도 때문에 내 쪽에서도, 털인간 쪽에서도 자꾸만 서로를 찾아 몸을 붙이고 있으려고 든다. 침대에 자려고 누우면 자연스럽게 털인간들도 침대 위로 올라오는데, 그렇게 꼭 안고 잠이 드는 순간 나는 세상에서 가장 행복하다. 그들은 정말 너무나도 따뜻하고, 폭신하고, 구수한 냄새도 나고, 등에 귀를 대고 있으면 마치 누가 내게 따뜻한 차를 대접해주려고 물을 끓이는 듯 아스라히 보글보글 소리도 난다. 이것은 아침에도 마찬가지인데(사실 이게 문제인데) 이불 속에 털인간이 내게 안겨 그릉거리고 있으면 도저히 그들을 뿌리치고 일어날 수가 없다. 그러다 보니 이불 안에서 한없이 밍기적거리다 또 잠에 빠지기 일쑤다.

놀랍게도 나와 비슷한 고민을 갖고 있는 친구가 있었다.

"제 아들이요. 아침에 제가 깨우러 가면 잠결에 제 얼굴을 막 만져주거든요. 그게 그렇게 기분이 좋고 행복한 거예요. 아, 안 되는데, 모질게 애를 깨워야 되는데, 하다가 결국 아들이랑 같이 잠들어버리기 일쑤예요. 제가 그러면 안 되는 거겠죠?"

친구와 나는 아침에 눈을 뜨는 순간부터 투쟁이다. 따뜻하고 포근하고 사랑스러운 존재와 스르륵 다시 잠에 드는 일에 저항하느라 매일 고군분투한다. 나는 대체로 매번 지고 있는데 친구는 어떨는지.

큰 목소리

며칠 전 제주는 날씨가 포근했다. 동네 삼춘들과 함께 동네 단골 식당에서 늦은 아점을 먹고 나오다 바로 옆에 오일장이 섰다는 것을 알았다. 나는 오일장에 나들이나 가자고 갑자기 제안했다. 특별히 필요한 것은 없었지만 모처럼 햇살 좋은 한낮에 어디든 어슬렁거리고 싶은 맘이 일었던 것이다. 호떡을 사고 우도 땅콩을 한 줌 얻어먹기도 하면서 여기저기를 기웃거리던 찰나 어딘가에서 날카로운 목소리가 들려왔다. 두 상인이 각자 자기 가게 안에 앉은 채로 큰 목소리로 다투고 있었다. 그 주변 사람들의 얼굴들이 딱딱하게 긴장되어 있었다.

나는 사람이 많은 곳에서 큰 목소리를 내본 적이 별로 없다. 주변 사람들을 지나치게 의식하기 때문이다. 물론 사람들 앞에서 노래를 부르고 강연도 하지만 그것은 나의 일이기 때문에 할 수 있는 것이다. 일의 영역을 벗어나 있을 때 나는 조금도 주목받고 싶지 않다. 하다못해 버스에서 내리기도 전에 문이 닫힐라치면 "잠깐만요!" 하고 외치기 위해 잠깐 동안 전 생의 용기를 끌어와야 한다(당연하게도, 그래서 나는 보통 한 정거장 더 가서 내리는 쪽을 택한다). 몇 년 전부터 이 기질은 내내 거슬린다. 불편합니다. 부당합니다. 바꿔주십시오. 크게 말해야 할 순간들을 마주할 때마다, 그리고 그 앞에서 아무 말도 못하고 있을 때마다 속이 상한다.

얼마 전에도 나는 '큰 목소리'의 도움을 받았다. 나를 포함해 몇십 명 정도 되는 사람이 한 시간 가까이 코로나19 선별 진료소에 줄을 서 있다가 허탈하게 집으로 돌아가야 하는 상황이었다. 그때 어떤 아저씨께서 큰 목소리를 냈다. "미리 이야기를 해주었다면 우리가 공연히 여기서 기다릴 필요가 없었던 것이 아닙니까. 이렇게 기다린 사람들은 뭐가 됩니까. 여기 있는 사람들만이라도 진료를 해주십시오" 하고 요구한 것이다. 바로 내가 내고 싶었던 목소리였다.

시장의 두 상인은 무슨 문제가 있었던 것일까. 큰 목소리에 귀를 기울여보았지만 격앙된 그들의 제주어는 하나도 알아들을 수 없었다.

올해도 꾸역꾸역

어제는 정말 이상한 꿈을 꾸었다. 부모님이 등장해서는 나를 죽이려 했기 때문이다. 나는 평소 꿈을 아주 활발하게 꾸는 편이고 아침에 눈을 뜨면 잊어버리기 전에 친한 친구들끼리만 공유하는 SNS에 꿈을 간단하게 기록하곤 한다. 오늘 아침에도 간단하게 '꿈에 엄마 아빠가 나를 죽이려고 했다'라고만 적었다. 친구 중 하나가 한심하다는 듯 '꿈도 참……'이라는 댓글을 달았다.

꿈이라는 것은 얼마나 황망하고 얄궂은지 모르겠다. 과연 이것이 내 머리에서 나온 상상력인가 싶게 꿈들은 자주 지나치게 잔인하고, 지나치게 야하고, 지나치게 말이 안 되곤 하니 말이다.

그러나 어제 꿈은 조금도 무섭고 잔인하지 않았다. 부모님이 나를 죽이려 한 것은 맞지만 총을 겨누거나, 칼을 들고 쫓아오거나 하진 않았다. 그저 담담하고 조용하게 나를 설득하셨다.

"딸, 너는 이제 충분히 살았다고 생각하지 않니. 네가 하고 싶었던 일, 먹고 싶었던 음식, 가보고 싶었던 곳을 이만하면 다 경험해보지 않았니. 이제는 그만 살아도 되지 않겠니."

제 생각에도 이제 그만 살아도 될 것 같네요, 라고 대답했다면 부모님은 나를 과연 어떤 방식으로 죽였을까? 그러나 나는 그렇게 대답하지 않았다. 대신 조용히 집을 떠나 친척의 집으로 도망쳤다. 그 집은 무척 노후한 곳이었다. 수시로 물이 새서 늘 물 웅덩이가 고여 있는 방에서 밤이 되면 이불을 펴고 잠을 자고, 아침엔 이불을 개고 상을 펴서 밥을 먹었다. 부모님은 어느새 내가 있는 곳을 알아내고 말았지만 그저 답답하다는 듯, 안타깝다는 듯 문밖에서 들어오지 않은 채 날 슬프게 바라볼 뿐이었다.

부모가 나를 죽이려 했다는 자극적인 설정의 충격이 지나가고 꿈의 충분한 복기도 마무리하자, 꿈속 내 마음의 여운이 길게 남았다. 꾸역꾸역 살고 싶어 한 내 마음이 새해 아침과 잘 어울리는 것 같다. 올해도 꾸역꾸역 살아야지. 꾸역꾸역 배고프고 졸려야지.

올해의 멋

어제는 연말 공연이 있었다. 한 클래식 팀의 공연에 게스트로 참여하는 것이었다. 함께 공연해온 지도 어느새 몇 년째다. 우리의 공연은 항상 다음과 같은 순서로 진행되었다. 내가 소개하고 싶은 책 한 권을 고른다. 연주자들은 내가 고른 책을 읽고 그 내용에 맞춰 클래식을 선곡한다. 공연 날 나와 연주자들은 책과 음악을 주거니 받거니 관객들에게 소개하고 연주한다. 책도 클래식도 지루하다고들 하는 콘텐츠이지만 이 지루함과 저 지루함 사이를 오가는 와중에 새롭게 생성되는 의외의 재미가 있는 것인지 공연을 본 관객들의 만족도는 언제나 높은 편이었다. 그러나 그중에서도 단연 만족도가 가장 높은 사람은 공연 당사자인 나일 것이다.

나는 무대에 오를 때 중앙에 서지 않는다. 관객석에서

바라볼 때 내 자리는 무대의 왼쪽 끝이다. 거기서 나는 책을 소개한다. 준비한 말이 끝나면 나를 향하던 핀 조명이 꺼지고 바로 뒤이어 중앙에 모여 있는 연주자들을 향한 조명이 켜진다. 고개를 왼쪽으로 돌리면 바로 두 대의 바이올린과 비올라, 첼로 연주자가, 고개를 조금 더 돌리면 피아노 연주자의 뒷모습까지 보인다. 그때 나는 무대 위에 있으면서도 관객이 된다. 내 입장에서는 연주를 가장 가까이에서 보는 매우 특별한 관객이 되는 것이다. 지휘자 없이 들숨소리나 눈빛 같은 것으로 서로가 서로에게 사인을 보내는 모습, 연주가 시작되면 그때부터 주체적 권한을 갖는 손가락들, 그러면 무의식적으로 손가락이 이끄는 대로 호응하는 고개와 눈썹, 입술……. 그런 것들을 나는 누구보다 근접한 곳에서 생생히 바라본다. 나는 음악을 듣는 중에 있지만 그 순간의 음악은 마치 보는 종류의 것처럼 느껴진다. 그래서 음악과 그것을 연주하는 사람 간의 구별이 잠시 어렵고 무의미해진다. 들려오는 음악이 점점 좋아질수록 그것을 연주하는 사람의 손가락과 손목이, 팔과 어깨를 지나 앙다문 입과 꾹 감은 눈이 덩달아 점점 좋아진다. 불쾌하고, 무례하고, 잔인하고, 더러운 사람들에 진절머리 내며 살다가도 그렇게 음악을 '보'는 동안, 내 안에서 인간을 미워하는 마음이 한 풀 한 풀 없던 일이 되는 것만 같다. 또 가끔 어떤 때는 모든 게 사라지기도 한다. 무대 위의 연주자들도, 바로 곁에서 지켜보는 나도, 관객도, 모든 게 사라지고 음악과 나라는 의식만 남아서 그 둘이서 어디론가 훌쩍 다녀오기도 하는 것이다. 그것은 그것대로 짜릿한 경험이다.

바야흐로 겨울이란 군고구마도, 호빵도 아닌 결산의 계절. SNS에는 찬바람이 불면 '올해의 뭐뭐'가 슬금슬금 등장하기 시작한다. 올해의 드라마, 올해의 영화, 올해의 책, 올해의 사건……. 물론 어제의 공연에도 '결산'이 있었다. 연말 공연이었으니 말이다.

그간 그 클래식 팀이 해왔던 다양한 기획 공연들, 그중에서도 의미 있었던 순간들을 꼽아 다시 관객들에게 상기하고 기념하면서 나는 '베스트 오브 게스트상'이라는 특별한 상을 수상했다. 트로피도 받았다(트로피는 산타 모자를 쓴 동물 인형이었다). 나는 그간의 소회와 수상 소감을 나누고 그동안 함께 불렀던 노래 가운데 세 곡을 불렀다. 퇴장하기 전 연기대상에서 상이라도 받은 배우처럼 나는 트로피(인형)를 높이 들고 관객을 향해 화려하게 인사했다. 그리고 몸을 돌리자 벽에 난 문이 부드럽게 열렸다.

만약 나에게 각양각색의 공연 중에서 클래식 공연만의 특징이 뭐냐고 묻는다면 나는 무대 위에 나 있는 '문'을 언급할 것이다. 보통 무대의 상수나 하수의 어둠 속에서 불쑥 등장하는 식인 다른 공연과 달리 클래식 공연장에서는 꼭 문이 열리며 누군가 등장하기 때문이다. 마치 문도 무대의 일부인 듯 숨겨져 있는 것이 아닌 분명한 존재감을 드러내고 있어서 관객석에서는 모두 문을 볼 수 있다. 그곳을 통해 누군가 등장하고 퇴장하는 것도, 그리고 그럴 때마다 잠깐씩 보이는 문 너머의 어둠도.

나는 클래식 공연을 볼 때마다 언제나 문 쪽을 향한 호기심 때문에 약간씩 괴로웠다. 저 문 너머에는 무엇이 있을까. 무대에 오르기 전 사람들은 문 너머에서 무얼 하고 있을까. 공연이 끝나고 관객석에서 앙코르를 외치고 있을 때, 퇴장한 사람들은 문 너머에서 어떤 표정을 짓고 있을까.

나는 이제 문 너머에 무엇이 있는지 알고 있다. 그 문 너머에 머무는 사람이 되어보았기 때문이다. 문 너머에는 그저 평범한 의자들이 벽을 따라 가지런히 놓여 있다. 그리고 어둠 속에서 몇 개의 모니터와 큐시트를 앞에 둔 채 끊임없이 무전을 교신하며 무대 위 컨디션을 컨트롤하는 무대감독님이 고독하게 앉아 있다. 그게 다다. 다소 삭막하고 건조한 풍경. 부드럽고 우아하게 저절로 열리고 닫히는 문도 무대감독님이 하는 일이다. 마지막 곡이 끝나고 퇴장하는 음악가들은 앙코르 무대를 펼치기 전 막간의 시간 동안 땀도 닦고 의자에 털썩 앉아 숨도 돌리고 어쩌면 한편에 놓여 있을 수도 있는 케이터링 바에서 쿠키도 하나 집어 먹을지도 모른다고 상상했었다. 그런 일은 없다. 모두가 퇴장하자마자 문 바로 뒤에 다닥다닥 붙어 선다. 의자에 털썩 앉는 사람은 단 한 사람도 없다. 서로가 서로를 바라보며 언제 나가? 언제? 지금? 지금 나가? 신나고 천진난만한 얼굴로 이런 대화를 속닥거린다. 누군가 '나가자, 지금'이라고 말하면 무대감독님은 문을 조용히 열고, 그럼 그들은 언제 조잘거렸냐는 듯이 시치미를 뚝 떼고 의젓하게 뚜벅뚜벅 무대 위로 걸어나간다. 나는 내 순서가 끝난 뒤에도 대기실로 돌아가지 않고 문 뒤 어둠 속에 가만히 앉아 그 모습을 모두 지켜보았다.

이렇게 저렇게 상상해보기만 했던 그 문 너머 미지의 영역에 그동안 내가 머물러 있었다는 것이 실감이 안 나기도 하고 조금 시시하기도 하고 그렇다. '미지未知'는 '지知'가 되면서 꼭 조금씩은 별수 없이 시시해지는 것 같다. 그러나 나는 시시함이 상쇄될 만큼 얻은 것이 있다. 그 문을 넘나드는 모두에게서 보여지던 빛나는 멋. 그것이 나에게서도 어설프게나마 감돌았을 것이(라고 믿고 싶)다.

문이 열리고, 그 안으로 들어서던 나.

올해의 나의 멋으로 선언한다.

귀하고 고마운 한 살의 나이

일제강점기를 겪으며 만들어진 문화라고는 하지만 신정과 구정, 두 번의 신년을 경험할 때마다 나는 한국에 태어나 횡재한다는 생각을 지울 수가 없다. 새해의 기쁨을 두 번이나 누리는 나라에 태어나 살고 있다니! 내가 좋아하는 떡국도 두 번이나 먹을 수 있고!

서울과 제주를 오가며 산 지 7년째이면서도 나는 아직도 제주에 대해 모르는 것이 잔뜩이다. 제주에서는 새해에 떡국을 먹지 않는다는 사실도 최근에 알았다.

"아니, 그럼 설날에 제주에서는 무엇을 먹는단 말이에요?"

내가 놀라 묻자, 제주의 벗은 '갱국'을 먹는다고 알려주었다. 갱국은 옥돔미역국을 말한다.

일반적인 소고기미역국을 먹었고 지금은 들기름에 달

달 볶아 고기 없이 끓인 미역국을 먹고 있는 나는 옥돔으로 끓인 미역국의 맛이 과연 어떨지 궁금했다. 그 궁금한 마음이 전해진 것인지 구정 연휴에 벗의 집에 초대를 받았다. "안녕하세요" 하며 문을 여니 여러 개의 소쿠리 안에 가지런하게 누워 있는 각종 전들의 노오랗고 둥글한 얼굴이 고소한 기름 냄새와 함께 눈에 들어왔다. 식탁에 오른 음식들을 찬찬히 살펴보며 처음 보는 것은 일일이 벗에게 물어보았다. 부시리라는 생선과 무와 메밀가루로 만드는 '진메물'이라는 음식을 배웠다. 조금 있으니 동네의 다른 친구들도 속속 도착했다. 동네의 친구 중에는 이제 초등학교 5학년이 되는 나린이 있었다. 볼 때마다 쑥쑥 자라나 매번 경이감을 안겨주는 나린은 이날 고운 한복을 입었다. 벗의 어머니에게 다소곳이 세배를 하는 나린의 모습을 보니 무슨 용기가 났는지 나도 세배를 하고 싶어졌다. 나린의 다음 차례로 벗의 어머니에게 고개를 숙이며 이렇게 집에 초대해주셔서, 귀한 명절 음식을 대접해주셔서 정말 감사하다고 말했다. 곧 밥상 위에 하얀 쌀밥과 갱국이 올랐다. 올해는 떡국이 아니라 깊고 고소한 생선 살과 부드럽고 다정한 미역으로 귀하고 고마운 한 살의 나이를 먹었다.

좋은 사람 되기,
나쁜 사람 안 되기

얼마 전 친구와 같은 듯 다른 대화를 나눈 적이 있다.

'좋은 사람이 되고 싶다'라는 나의 말에 친구는 '나쁜 사람이 되고 싶지 않다'라고 응수했던 것이다. 좋은 사람이 되고 싶은 마음과 나쁜 사람이 되고 싶지 않은 마음의 차이는 무엇일까? 궁금했지만 더 급한 화제가 있었기에 이야기를 진전시킬 수 없었다.

그러다 며칠 전 우리는 다시 그에 대해 이야기할 기회가 생겼다. 친구에게 물었다.

"좋은 사람이 되는 것과 나쁜 사람이 되지 않는 것은 똑같은 것 아니에요?"

친구는 그렇지 않다고 대답했다.

예를 하나 들어달라고 부탁하자 친구가 말했다.

"예를 들자면, 좋은 사람이 되고 싶은 사람들은 기부를 하죠. 여기저기 후원도 하고요. 저는 하지 않아요. 대신에 저는 세금을 제대로 내죠. 탈세를 하고 싶지 않아요. 나쁜 사람이 되고 싶지 않으니까요. 후원이나 기부까지 하면 좋은 사람까지 될 수 있으니 참 좋겠지만 그러려면 돈을 위해 더욱 노동에 매달려야 해요. 전 그러기는 또 싫어요. 좋은 일을 하면서 남들에게 인정받고 싶은 생각도 없고요. 저는 그냥 나쁜 사람이 되고 싶지 않다는 생각에만 집중하고 싶어요."

좋은 사람이 되고 싶은 마음과 나쁜 사람이 되고 싶지 않은 마음이 이토록 다를 수 있다는 사실에 충격을 받아 아무 말도 못하고 입을 벌리고 있는 나에게 친구가 덧붙였다.

"기업들 보면요. 어떻게든 세금 덜 내려고 발악을 한단 말이에요. 그래놓고 불우이웃 성금 보내면서 좋은 기업인 척하고. 저 같은 사람에게는 그런 게 얄미워 보이는 거죠."

좋은 사람이 되고 싶은 것보다 나쁜 사람이 되고 싶지 않은 것이 훨씬 어려운 일이었다.

"듣고 보니 저도 좋은 사람이 되려고만 노력하는 나쁜 사람 같아요." 나는 울상이 되어 말했다.

전기 행복

SNS를 하면서 '이것만큼은 꼭 사라'는 사람들의 영업 글을 거의 매일 마주한다. 그동안 읽은 영업 글로 순위를 매겨보라면 1위는 단연 에어프라이어라고 할 수 있을 것 같다. 사세요, 무조건 사세요, 삶의 차원이 달라질 겁니다라는 간증이 한창 타임라인을 달굴 때 정작 나는 내내 심드렁했었는데 얼마 전 뒤늦게 에어프라이어를 집에 들였다. 사실은 그것도 구매한 것은 아니고 부모님이 사은품으로 받아 방치하고 있던 것을 잠깐 빌린 것인데, 결론을 말하자면 그 에어프라이어는 아직도 우리 집에 있다. 그리고 앞으로도 부모님 댁으로 반납할 계획은 없다. 에어프라이어를 사용해 만든 첫 요리는 비건 치킨이었다. 이후 고구마와 감자를 구울 때에도, 채수를 내기 위해 양파와 파를 구워내야 할 때에도, 각종 냉동 요리를 데울 때에도 에어프라이어의 도움을 받았다. 이래서 사람들이 사라고 사라고 사정을 했구나, 나는 사용할 때마다 이 물건의 쓸모에 조용하게 감탄하고 있다. 과연 에어프라이어가 내 곁에 있기 전과 후의 삶의 질이 달라진 것 같다.

그런 물건이 하나 더 있다. 그것은 머그 워머이다. 찻잔의 따뜻한 온도를 계속 유지시켜주는 물건이다. 책을 읽거나 글을 쓸 때 김이 모락모락 나는 차를 한 잔 챙겨 손바닥만 한 머그 워머의 열판 위에 올려두면 마지막 한 모금을 마실 때까지 처음처럼 후끈한 온도를 만끽할 수 있다. 차갑게 식어버린 차를 홀짝이던 지난날을 생각하면 너무나도 간단하게 차원이 다른 호사를 누리고 있다는 생각이 든다.

SNS에서 사람들이 추천하던 다른 물건들도 기억하고 있다. 식기세척기, 빨래건조기, 김치냉장고, 스타일러……. 소형 가전으로도 이렇게 행복해지는데, 대형 가전을 사면 더 커다란 행복이 찾아올 것 같다. 매일 오전 10시에서 11시 사이에는 윗집에서 청소기를 돌리는 소리가 들려온다. 별생각 없이 지나쳤던 이 가전의 소음이 오늘따라 다르게 들린다. 행복이 내는 목소리처럼 말이다. 행복의 목소리는 걸걸하구나.

택시 복

심야 택시난이 심각하다는 기사를 보았다. 나는 이 심각함이 비단 '심야'뿐만이 아니라고 느낀다.

얼마 전 장마 기간 때 갑자기 쏟아지던 장대비 속에서 한 시간이 넘도록 택시를 호출했던 적이 있다. 내가 보유하고 있는 택시 어플들을 총동원했음에도 한 시간이 넘도록 택시가 잡히지 않았다. 결국 택시를 타는 데 실패했던 그날 이후, 나의 택시 호출은 한동안 굉장한 의심 속에서 이루어졌다. 낮밤을 막론하고 택시 호출에 성공하는 확률이 예전에 비해 아주 현저하게 떨어졌다는 결론을 스스로 도출할 수 있었다. 나는 이것이 수요의 문제일 거라고 생각했지만 심야 택시난을 취재한 기사를 보니 공급의 문제도 있었다. 어쨌거나 예전보다 택시를 타기 어려워졌다는 사실은 나를 무척 의기소침하게 만든다. 나는 택시 타는 것을 너무나도 좋아하기 때문이다.

기본적으로 차라는 이동 수단이 너무 좋다. 직접 운전하는 것도 좋아하고, 옆에 타는 것도 좋아하고. 어디 이동할 때 지하철보다 당연히 버스를 선호하고. 커다란 고속버스를 타고 이동하는 것도 좋아해서 버젓하게 KTX 기차역이 있는 지역에도 굳이 버스를 타고 갈 때가 있고. 그런 데다가 내 소유의 차도 없다 보니 그만큼 택시를 툭하면 이용한다. 그 안에서 주로 음악을 들으며 쉬거나 무심히 창밖을 바라보기도 하고, 책을 읽거나 혹은 쓰고, 때로는 짧고 얕은 잠을 취하기도 한다.

택시가 누구에게나 즐겁고 유쾌한 이동 수단이 될 수 없다는 사실을 안다. 여성에게 택시는 여전히 두려움을 감수해야 할 이동 수단이다. 장애인에게 장애인 콜택시는 존재하지만 누리기 힘든 그림의 떡 같은 존재라고 들었다. 세상의 편리는 대체로 노인의 불편이 된다. 이제 너도나도 어플로 호출을 하는 택시 때문에 노인들은 새로운 박탈감을 느끼고 있을 것이다.

그런데 참 뻔뻔하게도 나는 택시를 타며 즐거울 때가 많다. 너무 많아서 그동안 써온 책 속에 택시에 얽힌 에피소드가 몇 개나 들어가 있고, 그 이후 지금까지 또 재밌는 일이 몇 개나 추가로 생겨났다. 이에 대해 나는 내가 타고난 택시 복이 있다고밖에 설명할 길이 없다. 이유 없이 부잣집 자제로 태어나거나 이유 없이 아름답고 건강한 몸을 갖고 태어나는 것처럼, 나는 이유 없이 택시 안에서 즐거운 경험을 자주 하는 복을 얻은 것 같다. 택시를 타서 범상치 않은 기사님을 만나 뵙게 될 때마다 내가 복이 많아 또 이런 사람을 만나는구나 생각한다. 몇 달 전 택시 안에서 아르보 패르트의 〈Spiegel im Spiegel〉이 흘러나올 때도 그랬다.

"지금 혹시 클래식 FM 틀어놓으신 건가요? 제가 좋아하는 곡인데 마침 여기서 듣네요."

내가 기사님께 먼저 말을 걸었다. 나이가 지긋해 보였다. 나를 위해 볼륨을 조금 올려주면서 기사님이 무심하게 대답했다.

"이거 그냥 제가 틀어놓은 건데."

기사님은 아이패드를 들어 보이셨다. 거기에는 클래식 음악의 목록이 빼곡했다. 출근하시면서 매번 플레이 리스트를 만든다고 했다.

"손님…… 클래식 좋아하시나보네?"

기사님이 물었다.

"아…… 아뇨. 좋아하고 싶은데 너무 어려워요. 그냥 집에서 클래식 FM을 배경음악처럼 틀어놓는 수준이죠."

나는 이렇게 말하면서 기사님의 다음 반응을 반사적으

로 짐작했다. 저도 그래요랄지, 클래식은 다 그렇게 듣는 거죠랄지, 쉽고 어렵고가 어디 있어요 그냥 자기 듣기 편한 거 들으면 그게 좋은 음악이지랄지.

기사님의 실제 반응은 다음과 같았다.

"그냥 틀어놓는 수준으로는 절대 클래식을 알 수 없지요."

'귀인'을 만났다는 감이 왔다.

기사님은 10년이 걸렸다고 했다. 음악가들의 책을 읽고, 한 음악을 계속 듣고, 분석하고, 외우고, 다양한 버전을 비교하고, 직접 공연장에 가서 연주를 보고 하면서 보낸 시간. 그러니까 클래식을 좋아한다는 사실을 직접 몸으로 증명해오던 시간.

"직접 가서 보면 그렇게 좋아요. 근데 자주 못 가지. 비싸기도 한데, 그것보다 시간이 없지 뭐. 일하느라. 그래도 괜찮아요. 요즘엔 유튜브에 다 있어. 보고 싶은 공연들 다 거기서 보면 돼요."

'앞으로 나는 어떻게 살아야 하나'라는 일종의 주제 의식은 성인기를 앞두고 한 번, 노년기를 앞두고 한 번 크게 찾아오는가 보다. 기사님에게도 이 질문이 10년 전에 찾아왔었다고 한다.

"자식새끼들 다 키워놓고 이제 어떻게들 살고 있나 하고 내 주변 놈들을 보니까 죄다 그냥 술이에요. 뭐 등산 다닌다 운동한다 하는데 다 핑계고 아무튼 몰려다니면서 맨날 술이나 마신다고. 나는 그렇게 살기가 싫더라고요. 그래서 선택한 게 클래식이었어요."

"어렵진 않으셨어요?"

"어렵다마다요. 무척 고생했어요."

왜 그런 고생을 10년간이나 하셨냐고 묻지 않았다. 실은 오히려 질투심에 가까운 감정이 일었다. 오해의 소지가 있는 말이라고 생각하지만 그냥 말해보자면 나는 좋아하는 일을 하며 고생하고 싶어 괴롭다. 혹시 지루하지는 않느냐고, 이렇게 클래식만 들으며 운전하다 졸음이 쏟아진 적은 없느냐고 내가 삐딱한 마음으로 물었을 때 그는 피식 웃었다. 그리고 되레 내게 물었다. 어떻게 졸릴 수가 있겠느냐고.

행선지에 도착했을 때, 나는 말러의 음악을 들어보고 싶다는 말을 하던 중이었다. 마침 당시 읽고 있던 무라카미 하루키의 『오래되고 멋진 클래식 레코드』에서 말러에게 관심이 갔기 때문이었다. 기사님은 추천하지 않았다. 그는 나 같은 초보가 벌써부터 말러를 들으면 지쳐서(?) 나가떨어질 거라고 했다. 말러를 향한 도전욕이 와락 무너진 채

내리려는 차비를 하는 나에게 무뚝뚝한 기사님이 말했다.

자기는 늘 클래식 FM 채팅방에 있다고. 거기로 놀러 오라고.

그런가 하면 계속 아이돌 음악이 나오던 택시를 탄 적도 있었다. 처음에는 이어폰을 끼고 있어 이 사실을 눈치채지 못하고 나도 내 음악에 집중하고 있었다. 그러다가 무선 이어폰 배터리가 다 되는 바람에 이어폰을 뺐고, 곧바로 택시 안에 흐르는 음악의 일관성을 파악할 수 있었다. 더 인상적이었던 것은 중간중간 노래를 조용히 따라 부르는 기사님의 점잖은 흥이었다. 나는 참지 못하고 (또) 말을 걸었다.

"기사님은 저보다 요즘 음악을 더 많이 아시는 것 같네요."

"아, 그래요? 아마 그럴걸요? 제가 실은 젊은 사람들이 듣는 음악만 골라서 아주 열심히 듣고 있거든요."

마침 흐르던 노래의 후렴구가 흘러나왔고, 기사님은 이제 대놓고 훨씬 크게 따라 불렀다.

손을 잡아 따라와

맑은 날씨 보름달

가르쳐줘 오늘 밤

가나다라마바사♦

나는 크게 소리 내어 웃었고 기사님은 만족했다.

"아이, 손님이 이렇게 기분 좋게 웃어주시니 제가 정말 기쁩니다."

대단하세요, 저는 아직도 방탄소년단 멤버들의 이름도 다 모르는데요, 라는 내 말이 끝나자마자 기사님은 또 멤버들의 이름을 하나하나 호명했다. 나는 또 크게 웃었다.

우리는 이야기를 더 나누었다. 기사님은 오래 암 투병을 하다가 기적적으로 완쾌할 수 있었다고 했다, 그 순간 강력하고 가공할 만한 기쁨과 감사를 느꼈고, 동시에 또한 간절한 욕구 하나가 자신을 사로잡았다고도. 그것은 자신이 지금 느끼는 이 기쁨과 감사를 자신의 차에 들어서는 이들에게 전달하고 싶다는 욕망이었다.

"아이돌 음악을 그래서 듣기 시작했어요. 아이돌 음악은 다 신나고 기쁘잖아요. 많은 사람들이 좋아하고요. 젊은 친구들이나 듣는 음악이라고 생각했는데, 아니에요. 진짜 너무 좋아요."

저토록 돌진하는 기쁨과 명랑함은 얼마만큼의 고통과

♦ 박재범, 〈GANADARA〉 중에서.

슬픔을 알았어야 가능해지는 것일까.

"기사님, 저는 음악보다도 완쾌되셨다는 소식이 더 신나고 기분 좋네요."

울컥하는 걸 참느라 딱딱해진 표정으로 나는 말했다. 기사님은 다시 병이 재발하지 않도록 더 열심히 아이돌 음악을 따라 부르며 즐겁게 살겠다는, 결론이 조금 이상하고 기특한 다짐을 하셨다.

한편 전주에서는 뜬금없이 클로버를 좋아하냐고 물었던 택시 기사님이 있었다. 택시 기사 일을 하다가 짬이 날 때면 클로버가 무성하게 피어 있는 곳에 가서 세 잎 클로버도 따고, 네 잎 클로버도 따고, 다섯 잎 클로버도 딴다면서.

"저는 한 번도 네 잎 클로버를 발견했던 적이 없어요. 그걸 발견해야 행운이 올 텐데……."

내가 말했을 때, 네 잎 클로버를 따서 진짜 행운이 찾아오는 거면 지금쯤 자신은 억만장자가 되어 있어야 한다고 말하며 기사님은 혀를 찼다. 그러면서도 행운을 비는 마음으로 당신이 찾아낸 납작하고 곧게 말려놓은 네 잎 클로버 하나를 선물로 주셨다. 받아 드는 내 손이 가늘게 떨렸다. 정말로 행운같이 생겼다고 생각했다. 예쁘고, 바스러질 것처럼 연약했다. 나는 그 행운을 내가 읽던 책 속에 하루 동안 끼워두었다가, 나중에 친구가 읽던 책 속에 조심스레 끼워넣어주었다.

그 밖에도 채식을 실천하고 있는 기사님을 만나 신나게 채식 이야기를 나눈 적도, 기상천외한 손님들의 이야기를 들려주던 기사님을 만난 적도, 역대급으로 욕을 무섭게 내뱉던 기사님을 만나 욕 발음 연습을 했던 적도, 빨간 신호등에 택시가 멈춰 설 때마다 운전대의 판판한 곳에 손가락으로 가만가만 한자 연습을 하던 기사님의 뒷모습을 오래오래 바라보던 적도 있다.

이쯤 되면 내가 택시 복을 타고났다는 가설은 상당한 설득력을 갖추고 있지 않나 하는 생각이 든다. 그런데 쓰다 보니 이 복의 치명적인 하자를 하나 발견했다. 만약 내 택시 복이 진정으로 완벽하다면 이런 택시난 속에서도 나의 호출에는 문제가 없어야 할 것이다.

아무리 생각해봐도 결국 내 택시 복이 완벽해지려면 정치가 나서서 택시난이 해소될 수 있도록 도와주는 수밖에 없다.

복도 정치를 탄다.

우리는 걷는다
칠순까지 가던 길을 계속 간다

마포구청의 '칠순 잔치' 발언에 부쳐

4월 1일 만우절에는 저녁에 공연을 보러 갔다. 서울 마포구의 한 클럽, '네스트나다'에서 열린 공연이었다. 타이틀은 '누군가의 칠순 잔치'. 티켓을 확인하는 직원분은 곱게 한복을 입고 계셨다. 알코올 솜으로 휴대폰을 닦게 하고 몸에도 소독제를 뿌려주셔서 한 바퀴를 뱅글 돌면서 보니 공연장 한 편에 칠순 잔치를 축하하는 화환이 보였다. 내 다회용 마스크를 보시곤 KF94 마스크를 주시며 이것으로 교체를 해달라고 부탁하면서 뭔가를 손에 더 쥐여주시는데, 보니까 백설기 떡과 기념 수건이었다. 내 천 가방이 칠순 잔치적 풍요로 금세 불룩해졌다.

지난 2월 네스트나다에서는 공연 시작 30분 전, 공연이 취소되는 일이 있었다. 코로나19 때문에 두 번씩이나 미뤄진 끝에 다시 추진하는 공연이었다고 한다. 분명히 사전에 마포구청에 공연 허가를 받았음에도 당일 공연장에 찾아온 마포구청 담당자들은 방역 지침이 달라졌다는 이유로 일방적인 해산을 요구했다. 오랜만의 공연에 열심으로 준비했을 뮤지션들과 한껏 기대를 품고 찾아와주었을 관객들의 허탈한 마음은 이후 한 언론과 인터뷰한 마포구청 관계자의 다음과 같은 발언에 한 차례 더 무너지는 경험을 했다.

"세종문화회관 같은 곳이 공연장이다. 일반 음식점에서 하는 칠순 잔치 같은 건 코로나19 전에야 그냥 넘어갔던 거지, 코로나19 이후에는 당연히 안 되는 것 아니겠는가."

'누군가의 칠순 잔치' 무대 위에는 '세종문화회관이 아니라 죄송합니다'라고 적힌 현수막이 걸려 있었다. 누군가의 말실수가 불러온 쓸쓸한 풍자 공연을 앞두고 마냥 웃을 수 없는 기분이었지만 분위기는 시종일관 발랄했다. 한 밴드의 순서가 끝나고 다음 밴드가 준비하는 동안에는 〈내 나이가 어때서〉가 흘러나왔고, 한복을 곱게 입으셨던 직원분께서 그사이 마이크와 무대 곳곳을 민첩하게 소독했다.

오해라고 나중에 마포구청 측은 해명하긴 했지만 그래도 '칠순 잔치'라는 표현은 너무나 잘못된 말이었다. 고급 예술과 저급 예술로 위계를 나누고, 클럽의 무대 위에서 노래(연주)하는 사람뿐 아니라 그 무대 자체를 위해 일하는 공연 관계자들, 그리고 그 무대를 보러 오는 관객들, 그러니까 그 신scene의 문화를 향유하고 사랑하는 모두를 싸잡아 무시하는 발언이었기 때문이다. 더군다나 서울에서 그 신의 중심이라고 할 수 있는 '홍대'가 속한 마포구에서 그런 발언이 나왔다는 것은 뭐라고 말로 표현하기 힘들 만큼 깊은 배신감을 느끼게 했다. 덧붙여 애꿎은 전국의 칠순 잔치 당사자와 관계자까지 황당하고 어이없게 할 만한 말이었고 말이다.

얘기가 나온 김에 칠순 잔치와 클럽 공연의 다른 점이 있다면 무엇일까. 나는 이것에 대해 조금 말할 수 있는 자격이 있다고 생각한다. 왜냐하면 나는 클럽에서 노래를 부르는 뮤지션이자 노래를 듣는 관객이고, 또 칠순 잔치는 아니지만 예순 잔치에는 가본 적이 있기 때문이다.

지금은 돌아가신 나의 외할머니가 주인공이셨다. 빛이 잘 드는 널따란 회관, 흰 전지가 덮인 긴 테이블이 일렬로 늘어서 있고, 휘황한 잔칫상 너머로 할머니가 마치 왕처럼 가운데에 앉아 계셨다. 잔뜩 모인 일가 친척들이 먹고 마시고, 노래도 불렀다. 노래를 잘 부르는 어머니는 또 불러

달라 성화를 하는 통에 거기서 〈새타령〉을 몇 번이나 불렀던지.

여럿이 모여 흥겹게 노래를 부르고 술을 마시고 춤을 추기도 하고 얼핏 칠순 잔치와 클럽 공연은 비슷하게 보일 수도 있다. 그러나 거기엔 큰 차이가 있다.

칠순 잔치의 주인공은 딱 한 명이다. 바로 칠순을 맞은 사람. 모든 시간이 그 사람을 위해 준비된다. 그에게는 오로지 축하와 찬사와 덕담만 허락된다. 거기 모인 사람들에게서 오직 낙관과 긍정만이 강요된 데에서 오는 피로감과 지루함이 슬그머니 보일지도 모른다.

반면 클럽 공연장의 주인공은 한 명이 아니다. 그 무대에 오르는 뮤지션 수만큼일까? 아니다. 그 공간을 찾아준 관객 수와 그 공간을 관리하는 스태프의 수까지 더해야 그 공간의 정확한 주인공 수가 된다. 즉 거기 있는 모두가 주인공이다. 무대가 존재하니까 무대 위에 오른 사람만 주인공이 되는 것 같지만 그는 그저 노래를 연주하고 부르는 역할을 맡은 주인공일 뿐, 그의 입과 손을 떠난 노래는 즉각 듣는 사람의 소유가 된다. 그 공간에서는 강요되는 정서가 없다. 모두가 주인공이므로 어떻게 느끼든 그것은 각자의 특권이다. 죽고 싶은 마음으로 뮤지션이 노래를 불러도, 듣는 사람은 그 노래를 들으며 살고 싶다고 생각한다. 웃음이 가득한 얼굴로 뮤지션이 노래를 불러도, 듣는 사람은 그 노래를 들으며 조용히 눈물을 흘린다. 춤을 추면서도 마음은 놀랍도록 차분하고, 조용히 의자에 앉아 있어도 마음은 활어처럼 날뛴다. 그 작은 공간 속에서, 우리 모두는 각각이 가진 몸 안의 끝 없는 우주로 떠나, 살고 싶고 죽고 싶고 더 나은 인간이 되고 싶고 차라리 쓰레기가 되고 싶고 누군가를 미워하고 싶고 누군가를 사랑하고 싶은 주인공의 생기를 획득한다. 우리는 그렇게 음악 속에서 자아를 다진다. 우리는 그런 식으로도 발육되는 존재인 것이다. 그곳에서 음악은 아무것도 아니지만 우리를 인간으로 키운다. 아무것도 아닌 밥 한 공기가 우리를 이만큼 키웠듯이.

이런 시국에 무슨 공연이냐고 혀를 차는 사람들을 볼 때마다 생각나는 이야기가 있다. 김동식 작가가 쓴 「회색 인간」이라고 하는 아주 짧은 소설이다. 그 소설 속에는 이유를 알 수 없는 외부 존재에 의해 고통받는 인간들이 등장한다. 인간이란 존재가 밑바닥까지 추락할 만큼 현실은 고통스러워서 거기서 문화는 하등 쓸모 없는 것이 된다. 사람들은 외부 존재가 시키는 대로 하루 종일 노동을 한다. 먹을 것이 없어 흙을 먹고 하다못해 노동의 도구인 곡

괭이의 나무 자루를 씹어 먹을 지경이 된다. 그런 곳에서는 사랑도, 우정도, 자비도, 대화도 없다. 그저 살아 있는 송장이라고 표현하기에도 아까운 회색빛 인간들의 세상 속에서 어느 날 한 여인이 따귀를 맞는다. 한 사내가 때린 것이었다. 그가 말했다.

"이 여자가 노래를 불렀소."

사람들은 어이가 없었다. 이 상황에서 노래를 부르다니, 미친 여자가 분명하다고 생각했다.

얼마 뒤 여자는 다시 일어나 노래를 불렀다. 그러자 어디선가 돌이 날아왔다. 여자는 피를 흘리면서도 노래를 부르는 일을 멈추지 않았다. 그저 노래를 부르다 숨이 다하면 죽겠다는 듯 여자는 계속해서, 계속해서 노래를 불렀다. 그리고 어느 날, 믿을 수 없는 일이 일어난다.

누군가 조심스레 다가가 얼마 되지도 않는 자기 먹을 것을 그녀에게 나누어주었던 것이다. 그래, 우리는 참, 인간이었지, 라는 자각이 만들어낸 최초의 자비가 우아하게 반짝 하는 순간이었다.

공연의 마지막, 밴드 톰톰의 보컬 한상태 씨가 말했다. '칠순 잔치'라는 표현을 쓴 그 마포구청 관계자분 덕에 이런 공연도 즐겁게 할 수 있어서 감사하다고. 그리고 아마 그분은 홍대 인디문화를 비하하려는 것이 아니라 다만 잘 몰랐기 때문에 그런 실수를 하셨을 거라고.

"그러니까 우리가 더 열심히 해보겠습니다."

그는 그렇게 끝맺었다. 내가 더 잘할게, 내가 더 열심히 해볼게, 라는 말은 언제나 잘잘못과 무관하게 더 사랑하는 사람의 입에서 나온다는 것을 알고 있다. 나는 숙연해진 마음으로 조용히 공연장을 빠져나왔다.

이슥한 밤길, 아까 받은 촉촉한 백설기를 조금씩 뜯어 먹으며 느릿느릿 올라가는 언덕길이 조금 심심하길래 나의 칠순 잔치를 한번 상상해보았다. 홍대 앞 공연을 사랑하는 사람들의 마음속에서 이제 '칠순 잔치'는 지울 수 없는 글자가 되었으니, 이렇게 된 거, 몇십 년 뒤 우리가 70세가 되는 시절에 정말 아름답고 신나는 칠순 잔치들로 홍대 앞을 정신 없이 만들어버리면 좋겠다는 생각이 들었다. 그 중 하나의 공연이 꼭 내 공연이 될 수 있기를, 그때까지 모두가 튼튼히 살아남아주기를 바라며, 공연장에서 집까지 오는 길 동안 내내 잊히지 않았던 노랫말 하나를 이곳에 두고 가겠다.

우리는 걷는다
달리진 않는다

그냥 가던 길을 계속 간다

우리는 느리다

멈추진 않는다

그냥 가던 길을 계속 간다

때로는 막힌다

갇히진 않는다

가다 보면 길은 생겨난다

때로는 힘들다

죽지는 않는다

가다 보면 계속 가게 된다♦

♦ 트리케라톱스, 〈ㄱㄴㄷ〉 중에서.